LA PASIÓN DEL DUQUE

EMMA G. FRASER

Título: La pasión del duque.

©Emma Fraser.

Diseño de portada: Ana B. López.

Corrección y maquetación: Ana B. López.

http://soycorrectoradetextos.blogspot.com.es/

PRÓLOGO

LONDRES, 1800

Hacía demasiado frío para estar allí. El invierno se había echado sobre la ciudad de Londres antes de lo esperado y no era la mejor noche para llevar a cabo lo que le había pedido su mejor amigo. Ewan Smith, duque de Norfolk, se encontraba en la parte alta de la torre principal del cuartel general de ejército británico. Hacía más de tres años que decidió alistarse en las filas del regimiento que servía directamente en la corte del rey. Gracias a eso, Ewan no había luchado en las continuas guerras que se presentaban contra Inglaterra, tan solo debían mantener el orden en la ciudad de Londres, especialmente en los alrededores del palacio. La decisión de pertenecer al ejército le había sobrevenido un día después de una noche de juerga más en su palacete. Su vida había cambiado radicalmente desde que había adquirido, a la muerte de su padre, el ducado de Norfolk, y desde entonces, debido a su juventud, se había dedicado exclusivamente a dejarse llevar por sus amistades y el alcohol hasta que un día decidió cambiar su vida.

Y allí estaba entre las sombras. Pero no era una noche cualquiera, sino que se trataba de una especial. Hacía más de dos días que había sido su última guardia, por lo que aquella noche debía estar durmiendo tranquilamente en su litera en lugar de estar tiritando de frío en lo más alto de la torre principal. Su gran amigo y confidente Malcolm Spears le había revelado un gran secreto y necesitaba su ayuda para llevarlo a cabo. Malcolm, marqués de Liverpool, había decidido desertar del ejército y regresar a su antigua vida de juergas, alcohol y mujeres. El joven había ingresado en el ejército por expresa petición de su padre moribundo y, a pesar de que él no lo deseaba, finalmente había decidido aceptar tras descubrir que Ewan también iba a alistarse. No obstante, con el paso del tiempo, descubrió que Ewan había escalado puestos con más facilidad debido a su rango superior de nobleza mientras que él seguía haciendo el trabajo sucio de sus superiores, algo que había detestado desde que era un niño. Malcolm era una persona demasiado ambiciosa y no le importaba regalar el oído a sus superiores con la única intención de poder escalar en el ejército, algo que aún no había conseguido, o para que sus trabajos fueran menores en comparación con el resto de sus compañeros. Diferente a él era Ewan, que había obtenido su puesto gracias al fruto de su trabajo y esfuerzo, y sabía que Malcolm lo envidiaba, pues lo había demostrado en más de una ocasión.

Cuando la palabra "desertar" llegó a sus oídos esa tarde, Ewan no pudo evitar poner el grito en el cielo, ya que sabía que para un soldado cualquiera la deserción estaba castigada con la muerte o, peor, la obligación a marchar a galeras. Sin embargo, para un noble el castigo era diferente: tan solo perdería su título nobiliario y parte de sus posesiones, dejándolo exclusivamente con su hogar principal y sin recibir ni una sola moneda por parte del rey. Debido a esto, después de intentar convencerlo para que dejara atrás esa absurda idea, Ewan había aceptado ayudarlo con la única intención de que su amigo tuviera el tiempo suficiente para alejarse de Londres antes de que sus superiores descubrieran que había dejado esa vida atrás.

Por eso, un malhumorado Ewan esperaba impaciente la señal de Malcolm para que le lanzara una cuerda desde su posición. Minutos antes, había abandonado el calor de su litera con una cuerda entre sus manos mientras rezaba para que ningún soldado decidiera hacer guardia desde ese lugar. La suerte estuvo de su lado cuando comprobó que no había nadie en el pasillo que llevaba a las escaleras de la terraza, por lo que, con decisión, subió sin hacer ruido los últimos escalones para después dirigirse a uno de los hierros que sujetaba la bandera inglesa para atar uno de los extremos de la cuerda.

—Maldita sea... —murmuró para sí cuando un soplo de aire helado se coló entre sus ropajes.

La iluminación era casi inexistente. Tan solo había decidido encender un pequeño candil cuando comprobó que todo estaba tranquilo para evitar ser descubierto. Por eso, cuando el pequeño halo de luz iluminó su rostro el joven dejó salir el aire contenido en sus pulmones. Un vapor suave salió de su boca mientras unos dientes extremadamente blancos castañeaban deseando que aquello acabara cuanto antes. Su cuerpo apenas estaba iluminado, aunque la luz proyectó una inmensa sombra que vestía con el uniforme de diario del ejército contra las piedras del suelo.

Sus ojos verdes miraban una y otra vez por la cornisa para intentar ver la señal de Malcolm, aunque esta no llegaba a pesar de que la hora a la que habían quedado ya había pasado. Sus cejas se unieron más cuando Ewan frunció el ceño. No entendía qué podía haber ocurrido con su amigo para que no llegara con puntualidad, y un mal presentimiento comenzó a aflorar en su musculoso pecho. Durante un par de minutos, que fueron eternos, Ewan sopesó la idea de dejar la torre y volver a su habitación antes de que algún compañero lo descubriera y tuviera que dar demasiadas explicaciones a preguntas para las que no tenía respuestas.

Por ese motivo, cuando determinó que algo había sucedido con su amigo y decidió marcharse, el joven apagó el candil y se dirigió a la puerta de las escaleras. No obstante, en ese momento, esta se abrió de golpe, dando un sonoro golpe contra la pared y dejando pasar a varios soldados junto a uno de sus superiores. El corazón de Ewan se paró de golpe, sabedor de que algo malo iba a suceder. El joven apretó las manos y tragó saliva, cuadró los hombros y miró directamente a su superior, David Yates, que se aproximó a él con paso decidido y sin quitarle la vista de encima.

—Tengo entendido que hoy no es su noche de guardia, Smith —comenzó diciendo David Yates.

Ewan carraspeó, incómodo y nervioso. Sabía que estaba perdido si no encontraba una buena excusa para explicar qué hacía allí, aunque la mirada inquisitiva de Yates le confirmaba su pensamiento más terrible: lo habían descubierto en su intento por ayudar a su amigo.

—Lo siento, general Yates, me había parecido escuchar un ruido procedente de este ala de la torre y solo había subido a investigar —explicó.

Su superior lo miró antes de esbozar una sonrisa de lado.

—Dígame una cosa, Smith. ¿Cree que soy tan tonto?

Ewan tragó saliva de nuevo y apretó la mandíbula.

—No sé a qué se refiere, mi general.

David Yates señaló la cuerda que aún seguía atada al mástil a solo un metro de donde ellos se encontraban. Ewan maldijo su tremendo error. Se había olvidado de la cuerda antes de marcharse y cerró los ojos un instante antes de devolver la mirada a su superior.

—Supongo que eso será de otro soldado, mi general.

Su interlocutor esbozó una pequeña sonrisa sin dejar de mirarlo a los ojos y se giró hacia el resto de soldados, que, sin mediar palabra, levantaron sus escopetas hacia Ewan. El joven levantó las manos al instante al tiempo que su corazón se aceleraba. Estaba metido en el mayor problema de su vida y no sabía cómo podía salir de él. Una decena de escopetas lo apuntaban directamente a la cabeza y estaba seguro de que en cualquier momento, Yates daría la orden para que dispararan a matar. Sin embargo, esta orden no llegó en ningún momento, ya que al instante, la cabeza de su amigo Malcolm apareció detrás de los soldados. Este vestía aún con el uniforme que había portado durante todo el día y la mirada que le dirigía en ese momento era tan diferente a las que él conocía que llegó a sentir miedo sobre lo que podría ocurrir a partir de ese momento.

David Yates volvió a girar la cabeza para mirar al mismo punto que Ewan y sonrió ampliamente cuando vislumbró en la penumbra el rostro apático de Malcolm.

—El señor Malcolm Spears ha tenido la decencia de contarnos los planes que usted tenía para esta misma noche.

Ewan frunció el ceño mientras dirigió una mirada cargada de auténtico odio hacia el que creía que era su amigo.

—Eso no es cierto —sentenció.

—Pues yo diría que eso explica muy bien el hecho de que usted esté aquí en medio de la noche a oscuras y con una cuerda. ¿Pensaba descolgarse?

Ewan inspiró fuertemente para intentar calmarse. Le habría encantado correr hacia el traidor de Malcolm, que lo miraba con una sonrisa, y matarlo con sus propias manos bajo la atenta mirada del resto de sus compañeros. Sin embargo, sabía que debía mantener la calma y no dar más motivos a su superior para que fuera condenado a muerte al amanecer del día siguiente.

—Eso no es cierto, señor. Quien iba a desertar esta noche es el propio Malcolm —confesó.

David Yates miró hacia atrás y comenzó a reír, junto con Malcolm, que dejó su posición para acercarse más a ellos.

—No mientas, Ewan. Esta misma tarde me contaste que querías dejar el ejército para volver a vivir la vida.

El aludido apretó los puños con fuerza y tuvo que hacer acopio de toda su paciencia y fuerza para no saltar sobre el que había sido su amigo hasta entonces.

—Eres un malnacido y un desagradecido —dijo entre dientes.

Malcolm se encogió de hombros con una sonrisa en los labios.

—En el ejército no hay amigos, querido Ewan. Nunca lo olvides.

Yates llamó la atención de uno de los soldados que aún se mantenía quieto apuntando a Ewan y le pidió unos grilletes.

—Señor Smith, queda usted relegado de todas sus funciones y a partir de este momento se encuentra detenido por intento de deserción e inculpar a otro soldado de sus acciones contra el ejército de nuestra majestad. Mañana por la mañana será juzgado por un tribunal militar y castigado como merece.

Mientras pronunciaba aquellas palabras, Yates se acercó a la espalda de Ewan y le puso los grilletes. El joven se mantuvo sereno, con la mirada fija en los ojos malvados de Malcolm y con el mentón alto, mostrando una seguridad y acopio que apenas sentía, pues la traición de su mejor amigo le había calado tan hondo en el corazón que solo pudo jurar vengarse de él en el momento oportuno.

Tras un empellón, Ewan se dirigió, con las manos en la espalda, a las escaleras mientras su mente pensaba con rapidez una defensa para el juicio que tendría lugar al día siguiente y del que, estaba seguro, saldría perdiendo, pues David Yates ya lo había condenado.

La mañana llegó por fin después de toda una noche cavilando sin parar. Las horas que había permanecido en aquellas mazmorras se le habían hecho eternas y estaba deseando salir de allí para conocer qué habían pensado hacer con él. Durante todas las horas había maldecido una y otra vez su mala suerte y su ingenuidad por haber confiado en Malcolm a pesar de conocer su sed por ascender rápidamente en el ejército sin tener en cuenta nada ni nadie. Lo odiaba, lo hacía con todas sus fuerzas y no podía desear otra cosa más que vengarse por haberlo llevado hasta allí a pesar de haberle demostrado que era capaz de ayudarlo a escapar. Ewan había sido educado en la lealtad por encima de todo, y aquella traición ponía en jaque a sus propios pensamientos y valores. Pero no podía dejar aquello como si no hubiera pasado nada. Y se juró a sí mismo hacer lo que fuera para hacerle pagar por todo el daño que le había causado y el que estaba por llegar.

Cuando Ewan escuchó por fin los pasos apresurados de varios soldados dirigiéndose a su celda, se puso en pie y cuadró los hombros. No estaba dispuesto a mostrar ni un solo ápice de debilidad o miedo. Al contrario, el odio que corría por sus venas hacía que intentara salir la fiera que llevaba dentro.

Al cabo de unos segundos, tres soldados aparecieron frente a los barrotes de la celda. Uno de ellos levantó su arma y lo apuntó mientras otro de ellos sacaba unas llaves y abría la reja. Los dos soldados, con los que había compartido vinos unos días antes, se aproximaron con seriedad hacia él y lo empujaron fuera de la celda.

—Ni se te ocurra hacer alguna tontería, Smith —lo amenazó el que lo apuntaba.

—Descuida, Munroe —respondió Ewan con tranquilidad—. Sabes que incluso con las manos atadas podría tirarte al suelo y pisotearte.

Aquellas palabras le valieron que el aludido clavara en su costado la culata de su fusil. Ewan gruñó levemente al tiempo que una mueca de dolor se formaba en su rostro. El joven respiró hondo y se enderezó justo antes de ser de nuevo empujado a través del oscuro pasillo de las mazmorras. Fue conducido en silencio, y bajo la protección de los tres soldados, hacia una de las salas principales de ese cuartel, donde solían ser juzgados con rapidez los soldados.

Cuando las puertas de la sala se abrieron, Ewan entornó los ojos para acostumbrarlos a la potente luz de la estancia. Entró en ella con paso firme y decidido, con la cabeza alta y los ojos fijos en el que sería su juez ese día: Liam Markle, uno de sus superiores. Este lo observaba con el ceño fruncido y los ojos iracundos. Liam jamás había aceptado la presencia de Ewan en el ejército debido a una antigua rencilla familiar con el padre del joven, por lo que fue entonces cuando este se dio cuenta de que no tenía ninguna posibilidad de salir indemne de ese lugar. Liam ya lo había condenado, pues había estado esperando una ocasión como aquella para desagraviarse.

Cuando Ewan llegó a la altura, se quedó quieto esperando a que Liam comenzara el juicio. A su alrededor había compañeros del ejército que ahora parecían no conocerlo de nada ni mostrar ni un solo ápice de simpatía por él. Nadie estaba dispuesto a defenderlo por algo que no había cometido.

De reojo, vio que a su derecha se encontraba Malcolm, que no le quitaba la vista de encima en ningún momento, aunque Ewan prefirió no mirarlo y detenerse a observar aquella estancia. La lujosa decoración de la sala contrastaba con las que él solía frecuentar y numerosos adornos de oro pendían de las paredes a lo largo y ancho del lugar. Además, justo detrás de la figura de Liam había una gran pintura de la diosa de la justicia, que portaba en su mano una gran balanza y miraba al frente, como si en cualquier momento fuera a ser ella misma la que juzgara al acusado.

Cuando un carraspeo se escuchó en medio de aquel silencio, Ewan dirigió la mirada a su superior, que se levantó de su silla y dio unos pasos hacia él.

—Ewan Smith, duque de Norfolk, está usted acusado de intentar desertar durante la noche anterior. ¿Qué tiene que decir respecto a eso?

El joven lo miró fijamente y apretó la mandíbula.

—Jamás ha pasado por mi cabeza la idea de dejar el ejército. Ingresé en estas filas por mi propia voluntad y me he dedicado en cuerpo y alma a obedecer a mis superiores.

—Sí, pero tal vez se ha cansado ya de obedecer.

—Jamás, señor —replicó enseguida.

Liam paseó alrededor de él sin dejar de mirarlo mientras Ewan mantenía la cabeza al frente y la mirada fija en la diosa que había ante él.

—Llamo a declarar a Malcolm Spears —dijo Liam tras un largo silencio.

El aludido se levantó de su asiento, se recolocó la chaqueta y acortó la distancia que los separaba, colocándose justo al lado del que había sido su amigo. Ewan tuvo que hacer acopio de toda su fuerza para no girarse hacia él y golpearlo para quitarle del rostro aquella sonrisa de superioridad.

—Señor Spears, ayer acudió en busca de su superior David Yates para informarle de algo de extrema importancia. ¿Podría decirnos qué?

Malcolm se aclaró la garganta y cuadró los hombros.

—En la tarde de ayer, Ewan Smith me contó sus intenciones de abandonar el ejército y regresar a su hogar.

—Eso es mentira —dijo el acusado con los dientes apretados.

—Señor, Smith, no es su turno —le llamó la atención Liam—. Continúe, señor Spears.

—Hacía tiempo que lo veía apático con sus labores y siempre se quejaba por todo y de todos, hasta que ayer me confesó sus intenciones.

Ewan no pudo evitar lanzar un bufido y mirar hacia el lado contrario a su amigo.

—¿Y por qué decidió darnos esa información?

—Porque es mi deber, señor.

—Eres un maldito desgraciado al que lo único que le importa es ascender como sea —soltó Ewan de golpe.

—¡Señor Smith! —vociferó Liam—. La próxima vez que interrumpa a algún miembro de esta sala será usted expulsado de la misma.

Ewan apretó los puños con impotencia. Tenía la sensación de que todo estaba planeado no solo por Malcolm, sino también por Liam Markle. Sin embargo, era consciente de que ya nada podía hacer por él mismo, tan solo esperar a que todo acabara cuanto antes.

—Gracias, señor Spears, puede volver a su sitio. —Liam esperó a que todo volviera a estar en orden para continuar—. Señor Smith, los informes que tengo de usted desde que ingresó en el ejército son formidables, sin embargo, acaba de cometer el peor delito dentro de nuestras filas: la deserción. Hay un testigo al que usted le confesó sus intenciones y sobre él no tenemos nada para sospechar que esté mintiendo, por lo que, sin más que añadir y sin necesidad de escuchar a otros soldados, lo acuso formalmente del delito de deserción y lo condeno a veinte latigazos en el patio de este mismo cuartel, además de que le será retirado el ducado al que hace nombre y todas sus posesiones, excepto su hogar familiar. Debió pensar antes en las consecuencias de sus actos, señor Smith.

—Yo no he hecho nada, señor Markle. Esto es una farsa de Malcolm Spears para quitarme de su camino, tal y como hará con otros para ascend...

—Señor Smith —lo cortó Liam Markle—, la sentencia es firme. No malgaste energía. Será el señor Yates quien lleve a cabo los latigazos en el patio dentro de unos minutos. No hay más que hablar, señores.

Liam Markle le dio la espalda y se alejó de Ewan, impidiendo que el joven tuviera la oportunidad de defenderse y cambiar las tornas respecto a Malcolm, el cual sonreía desde su asiento y al que dio un par de pasos para golpearlo. Sin embargo, dos soldados aparecieron por su espalda y lo sujetaron con fuerza, ya que la altura de Ewan era superior a ellos y a duras penas podían retenerlo.

—¡Hijo de puta! —vociferó Ewan mientras era casi arrastrado al exterior—. No pararé hasta acabar contigo, malnacido. ¿Me oyes? ¡Te daré donde más te duele, amigo!

Malcolm reía desde su posición hasta que la voz de Ewan se perdió por el pasillo. Tan solo parecía llegar el eco de su juramento de venganza hacia el soldado, que no creyó ni una sola de sus palabras mientras cuadraba los hombros para recibir la condecoración que le había pertenecido a Ewan. Ni siquiera quiso oír los gruñidos de dolor, provenientes del patio, del que había sido su amigo desde hacía años.

En ese momento, se sentía poderoso e invencible, capaz de llegar hasta donde fuera lejos de la sombra de Ewan Smith.

CAPÍTULO 1

Nottingham, 1805

Tyra espoleó con más fuerza a su caballo para llegar cuanto antes a la espesura del bosque que simbolizaba la frontera de las tierras de su padre, el barón de Nottingham. La joven miró hacia atrás y sonrió al pensar que, por primera vez en mucho tiempo, había desobedecido las órdenes de su padre respecto a la idea de cabalgar sola por la campiña a pesar de que las tierras pertenecían a su familia. Durante todos esos años, cuando había querido cabalgar lejos de casa, la habían acompañado varios de los hombres que trabajaban para su padre, impidiendo que pudiera ir a donde realmente deseaba o visitar lugares que, según su padre, eran prohibidos para ella.

No obstante, ese día había podido salir a hurtadillas de los muros de la casa y llegar a las caballerizas sin cruzarse con nadie del servicio para después cabalgar sin descanso hasta las tierras limítrofes. Tyra respiró hondo y soltó lentamente el aire. Los latidos de su corazón cabalgaban tan rápidos como su caballo y necesitaba tomar algo de aliento antes de regresar de nuevo a casa. No obstante, sintió la necesidad de disfrutar del silencio que había a su alrededor, ya que cuando llegara a su casa, el ajetreo de los sirvientes volvería a abrumarla.

Tras agarrar de nuevo con fuerza las riendas de su yegua, Tyra guió al animal hacia la espesura del bosque y marchó tranquilamente hasta uno de los riachuelos que cruzaban por sus tierras mientras acariciaba el lomo de la yegua y sonreía con auténtico placer. La joven pasó una mano enguantada por su cabellera rubia y amplió su sonrisa al darse cuenta de que los rizos se habían escapado de la trenza que ella misma se había hecho antes de salir de su cuarto. Ahora ese cabello ondeaba salvajemente al ritmo de la suave brisa de la mañana y del trote del caballo. Sus mejillas, naturalmente blancas, se encontraban teñidas de un intenso color rojizo debido al esfuerzo por cabalgar. Sus ojos azules mostraban una felicidad y despreocupación que hacía tiempo que no sentía. Incluso en lo más profundo de su pecho se había instalado días atrás una sensación de bienestar que no creía que existía.

Los soñadores ojos de Tyra se posaron sobre las copas de los árboles que la rodeaban y suspiró largamente. Estaba realmente feliz. Aquella misma noche se celebraría una fiesta en su honor debido a su próximo enlace con Malcolm Spears, marqués de Liverpool y amigo de su padre. Lo conocía desde hacía meses y desde que sus ojos se posaron por primera vez en él había quedado totalmente prendada de su porte, belleza y modales. Recordó el momento en que lo vio entrar en su casa después de una discusión con su padre. Cuando Tyra salió del despacho echando chispas por los ojos, la joven se chocó de frente con alguien a quien no había visto jamás. Al levantar la cabeza y posar sus ojos sobre la negra mirada de Malcolm sintió como algo dentro de ella saltaba al tiempo que su corazón se aceleraba.

—Lo siento, señor —se disculpó casi tartamudeando.

Y la joven se apartó de él mientras se arreglaba la ropa y después se atusaba el cabello. Aquel hombre la miró fijamente y sonrió dulcemente, suavizando el ceño fruncido y mostrando una dentadura extremadamente cuidada.

—No pasa nada, señorita. —Inclinó la cabeza—. Y no me llame señor, por favor, sino Malcolm.

Tyra sonrió tímidamente y le devolvió el gesto con la cabeza.

—Tyra Stone —respondió ella.

En ese instante, la puerta del despacho de su padre se abrió de golpe, provocando que la joven diera un respingo y se marchase rápidamente de allí. Desde entonces, ambos jóvenes se habían visto en numerosas ocasiones y Tyra había caído a los pies de Malcolm antes de que se diera cuenta, ya que era lo que siempre había esperado de un buen hombre: caballerosidad, cercanía y modales.

Con el paso de los meses, la amistad que ambos mantenían se había convertido en algo más, aunque Tyra ya se encontrara prendada de él. Pero Malcolm acercó posturas y se mostró realmente interesado en ella, lo cual alegró enormemente a la joven, que en más de una ocasión deseó fervientemente que Malcolm la pidiera en matrimonio. Y así fue. Al cabo de unos meses, el capitán apareció en su casa una mañana temprano a pesar de no haber sido convocado por John Stone y habló con este sobre la posibilidad de casarse con su hija. Cuando Tyra lo escuchó tras la puerta, estuvo a punto de saltar de alegría, aunque solo esbozó una amplia sonrisa cuando escuchó la afirmación de su padre.

Desde entonces, Tyra no había dejado de llevar a cabo los preparativos para la gran fiesta de pedida frente a los grandes amigos de su padre. Esa misma noche iba a ser la gran protagonista y Malcolm le entregaría un anillo para sellar su compromiso frente a todos los testigos que su padre había decidido invitar.

Por este motivo, Tyra había pensado salir a cabalgar antes de que los problemas de última hora la mantuvieran ocupada hasta casi la hora de la fiesta. Estaba realmente espléndida. En su interior sentía una inmensa felicidad y deseaba que las horas pasaran tan rápidas que cuando llegara a casa solo tuviera que asearse y bajar directamente al gran salón para recibir a los invitados.

La joven se apartó el pelo de la cara cuando una brisa de aire volvió a descolocarlo y soltarlo definitivamente de su coleta. No pudo evitar arrugar la nariz cuando sintió el cosquilleo que le producía el mechón de pelo sobre la cara. Su rostro entonces se iluminó por un débil rayo de sol. Su cara fina y de aspecto dulce intentó beber de ese minúsculo calor que desprendía el sol y su boca gruesa, siempre habladora, amplió su sonrisa, disfrutando del silencio.

Cuando su yegua estaba a punto llegar al riachuelo, Tyra desmontó y entonces ese silencio se rompió cuando varias ramas secas se partieron bajo sus pies, pero no le importó. Tan solo deseaba disfrutar al máximo de ese momento de soledad que le ofrecía el bosque. Miró a su alrededor y vio que estaba rodeada de árboles. No había ni una sola persona por ese lugar en ese preciso instante, y apenas podía creerlo. Siempre había estado rodeada de gente del servicio o de soldados de visita, pero pocas eran las veces que había podido respirar el silencio de ese momento. Sin lugar a dudas sería algo que echaría de menos cuando tuviera que abandonar el que hasta entonces había sido su hogar. En el momento en el que contrajera matrimonio con Malcolm debería dejar atrás la casa que la había visto nacer y crecer, incluidos su padre y los sirvientes, para después marcharse a la capital, Londres, puesto que su futuro marido estaba destinado mayormente en esa ciudad.

Sin embargo, tenía la esperanza de hacer nuevas amistades y modificar un poco su estilo de vida rural por uno más sofisticado, aunque sin olvidar sus deseos de ayudar a los más necesitados. A pesar de sus deseos por una vida diferente, siempre había disfrutado de la tranquilidad del campo, de su aire puro y del silencio que normalmente había. Siempre había sido una mujer valiente y decidida, sin miedo a ayudar en las labores con los animales, especialmente los caballos, con los que había aprendido a montar desde que era muy pequeña y siempre a escondidas de su padre, y desde que este supo de su habilidad como amazona, le advirtió que fuera cautelosa y jamás saliera a cabalgar sola sin la compañía de algún sirviente.

Tyra suspiró al recordar a su padre. Su relación siempre había estado basada en un amor-odio que nunca había llegado a comprender, tan solo desde el momento en el que una de las sirvientes le contó que John la odiaba por haber provocado la muerte de su madre en el parto, aunque por otra parte la amaba porque era la viva imagen de la que fue su esposa.

Tyra sacudió su cabeza para sacar aquellos pensamientos de su mente. No había salido a cabalgar para pensar en su padre, sino para no pensar en nada. La joven se aproximó a un árbol para atar a su yegua cuando en ese momento se dio cuenta de que unos metros más adelante había un caballo pastando tranquilamente. Tyra frunció el ceño y miró a su alrededor, sin éxito, puesto que no había nadie más que ella junto al agua, ni siquiera podía escucharse el sonido de pisadas contra las ramas del suelo.

Con rapidez, la joven se aproximó al caballo. Vio que este tenía en el lomo un par de alforjas y estaba ensillado, por lo que su jinete no debía andar muy lejos. A medida que se acercaba al animal, la joven escuchó la voz de su padre en su propia mente pidiéndole que no se aproximara y que jamás debía cabalgar sin protección. No obstante, Tyra desoyó a su progenitor y acortó la distancia con el animal. Supuso que tal vez ese caballo había dejado tirado a su jinete o se había escapado de alguna taberna cercana, pero cuando tocó la montura y vio que esta se encontraba aún caliente dedujo que su dueño debía de andar muy cerca de allí.

A pesar del incipiente miedo a ser descubierta, Tyra sonrió al animal, puesto que cuando su mano se posó sobre su cabeza para acariciarlo, este se giró hacia ella disfrutando del suave tacto de sus manos.

—¿Te has perdido, bonito? —le susurró al tiempo que apoyó la cabeza contra la del animal.

Inmediatamente, el caballo agitó la cabeza, nervioso, por lo que la joven se retiró, extrañada. Tyra lo observó durante unos segundos hasta que, de repente, el cañón de una pistola se apoyó contra su cabeza. La joven sintió como su corazón se paró de golpe para después comenzar a latir tan fuerte que parecía querer salirse de su pecho. Las manos comenzaron a temblar y a sudar. Tyra tragó saliva fuertemente y un intenso escalofrío recorrió su espalda hasta la nuca, allí donde estaba la pistola.

—No sabía que las damas de estas tierras se dedicaran a robar caballos ajenos.

Una voz masculina, atronadora y grave le provocó un intenso nerviosismo al tiempo que la voz de su padre volvió a aparecer en su mente, aunque esta vez para regañarle por no hacerle caso. Los ojos de Tyra miraron de un lado a otro del riachuelo con la única intención de ver a algún viajero que pudiera ayudarla a salir de allí, pero comprobó que estaban totalmente solos.

La joven maldijo para sí y, lentamente, decidió darse la vuelta hacia el hombre que la apuntaba directamente a la cabeza. No pudo evitar abrir desmesuradamente los ojos cuando vio que se trataba de un hombre que rozaba la treintena y cuyos ropajes estaban desaliñados, pero lo que más llamó su atención fue su rostro cuadrado, que estaba endurecido y malhumorado y que la observaba como si fuera la peor escoria con la que se había cruzado. Su pelo era castaño y desordenado por el viento. Una mirada intensa y antipática parecía querer traspasar sus pensamientos al tiempo que la observaba de arriba abajo con cierto asombro. Su nariz recta y afilada antecedía a una boca tan dura y firme como sus cejas, pero que le pareció tan varonil que un pensamiento impuro cruzó por su mente al preguntarse cómo sería besar una boca así.

Tyra se golpeó mentalmente por ese pensamiento al tiempo que dirigía su atención a la mano que sujetaba la pistola. Esta no temblaba absolutamente nada, pero lo que más llamó su atención fueron los dedos largos y finos del hombre, que no parecían haber trabajado duramente la tierra, sino al contrario, ese tipo de manos pertenecía a alguien de alta alcurnia, aunque la vestimenta del joven mostrara lo contrario.

—¿Acaso no tenéis lengua, muchacha? —preguntó con insistencia.

Tyra carraspeó y dirigió de nuevo su mirada hacia los ojos verdes del desconocido.

—No pretendía robaros nada, señor —respondió casi tartamudeando—. He parado con mi caballo a solo unos metros de aquí y cuando he visto a este hermoso ejemplar, no he podido evitar acercarme a acariciarlo.

—¿Y quién os ha dado permiso para acercaros a mi caballo? —preguntó con ira—. Eso solo lo hacen los ladrones.

La joven apretó los puños.

—Repito que no pretendía robarlo, ni tampoco molestaros. De hecho, si hubiera sabido que había alguien por aquí, no habría parado.

Y después, cuadrando los hombros y levantando la barbilla con orgullo, le dijo:

—Además, señor, os indico que estáis en las tierras de mi padre y no habéis sido invitado. Tal vez sois vos quien quiere robarnos...

El desconocido levantó las cejas, asombrado por la valentía que había mostrado entonces la mujer que tenía ante él. Y una sonrisa socarrona y pícara se dibujó en sus labios, lo cual preocupó sobremanera a Tyra, que aún estaba sorprendida consigo misma por lo que acababa de decir. Estaba segura de que su padre se habría sentido muy orgulloso de ella si supiera cómo había respondido a ese hombre, aunque ni por un momento se planteó decírselo a su progenitor.

Sin quitarle la vista de encima, el hombre se aproximó más a ella, haciendo que la joven diera un par de pasos hacia atrás para evitar el contacto con él, cuya sonrisa no le gustó en absoluto.

—¿Robar? —Ewan ladeó la cabeza casi imperceptiblemente y amplió su sonrisa—. Nunca lo he hecho, la verdad, pero estoy pensando que esta podría ser la primera vez que lo hiciera, puesto que lo que hay ante mí es tan jugoso y atractivo que no me importaría llevármelo sin permiso.

La mano que portaba la pistola bajó lentamente hacia el cuello de la joven, que comenzó a respirar con rapidez, temerosa de lo que pudiera hacer con ella. Se había mostrado demasiado altiva, pero ahora le estaba fallando el coraje al saberse totalmente sola con el que parecía ser un hombre peligroso.

—Mi padre iría a por vos en cuanto se enterara de que me habéis hecho daño —lo amenazó.

Ewan sonrió de lado, acentuando su atractivo.

—Hablaba de vuestro caballo, señorita, no de vos... —dijo con maldad mientras mostraba la blancura de sus dientes con una amplia sonrisa.

Aquellas palabras, en lugar de provocar alivio en Tyra, obtuvieron el efecto contrario. La joven apretó los puños con fuerza con aquella humillación, por lo que levantó una mano y abofeteó al joven, cuya mano que portaba la pistola tintineó de tal manera que Tyra pensó que dispararía en cualquier momento.

El rostro de Ewan se giró hacia un lado debido a la fuerza de la bofetada, lo cual lo sorprendió y enfureció al mismo tiempo. Tan sorprendido estaba que no vio el movimiento que hizo Tyra para intentar correr hacia su caballo.

La joven, al ver lo que había hecho y ser consciente de que iba a tener consecuencias, intentó correr hacia su caballo antes de que el desconocido reaccionara y le hiciera daño. Sin embargo, antes de haber dado más de cinco pasos hacia su yegua, la joven sintió contra su brazo unas garras que apretaron con fuerza su carne y se hundieron en ella, provocando un intenso dolor en la joven, que no pudo evitar una mueca. Al instante, su espalda chocó contra un árbol cercano y antes de que se diera cuenta, el cuerpo musculoso de ese hombre se pegó al suyo, impidiendo que pudiera moverse. Los brazos del joven se apoyaron en el tronco del árbol a cada lado de la cabeza de Tyra y después fijó su mirada en la de la joven, que tragó saliva ruidosamente sin tener algo ingenioso en mente para poder salir de allí.

Inconscientemente, Tyra desvió la mirada de un lado a otro del río con la esperanza de encontrar a alguien que pudiera ayudarla a salir de ese atolladero en el que se había metido por la rebeldía mostrada ese día al irse de casa sin protección.

—¿Siempre sois así de salvaje, muchacha? —preguntó el desconocido con la voz ronca.

El joven aproximó la cabeza a la de Tyra, quedándose a solo un palmo de su rostro. La joven comenzó a ponerse muy nerviosa y su pecho subía y bajaba con tanta rapidez que parecía haber corrido una buena distancia hasta llegar allí. No obstante, no respondió a su insinuación, tan solo se limitó a desviar de nuevo la mirada, huyendo del intenso repaso verde de ese joven.

—Cuando mi prometido se entere de que me habéis hecho daño, irá a por vos.

Ewan levantó una ceja, escéptico por sus palabras.

—El prometido de una joven como vos jamás dejaría que saliera sola y cabalgara sin ningún tipo de protección. ¿Acaso me estáis mintiendo? —Chasqueó la lengua—. Vuestro padre no se ha tomado muy en serio la educación que recibía su hija.

Tyra apretó los puños e intentó abofetearlo de nuevo, pero esta vez Ewan fue más rápido y capturó la muñeca de la joven y la apretó con fuerza.

—No miento —respondió Tyra mientras apretaba los dientes con fuerza—. Más de un centenar de personas está invitada a mi fiesta de pedida para esta noche. Podéis preguntar donde queráis porque se sabe a lo largo y ancho de estas tierras. Mi prometido es Malcolm Spears, capitán del ejército británico.

El gesto de Ewan cambió por completo, pasando de la sorpresa a la ira en cuestión de segundos. Incluso parecía que todo a su alrededor quedó en completo silencio. La mirada verde del joven se oscureció tanto que parecía haberse puesto un velo negro frente a sus ojos. Lentamente, el joven soltó a Tyra, que lo miraba también con sorpresa debido al cambio en el semblante de ese desconocido. Sin embargo, la joven estaba aún tan asustada que no se movió ni un solo centímetro de donde se encontraba.

—¿Es verdad que vais a casaros con ese malnacido?

Tyra frunció el ceño y torció la boca en un gesto gracioso, aunque el momento era tan tenso que Ewan apenas reparó en él.

—Os agradecería que no insultarais a mi prometido. Malcolm es un buen hombre.

Una sonrisa irónica cruzó por los labios de Ewan, que se apartó ligeramente de ella al tiempo que guardaba la pistola en el cinto.

—Además, veo que os ha causado impresión o miedo, pues habéis guardado vuestra arma. ¿Acaso teméis a mi futuro esposo?

—¿A ese desgraciado? —se burló el joven—. Estoy seguro de

que ni las ratas que tiene por compañeros lo temen. Es un maldito cobarde que no ha hecho más que traicionar para escalar puestos en el ejército. No sabrá usar ni el arma que porta en el cinto.

Tyra bufó, enfadada.

—Señor, estáis en mis tierras y estáis hablando de mi futuro marido. Os agradecería que guardarais algo de respeto por él, ya que será el dueño de todo lo que veis cuando herede estas tierras.

Ewan se carcajeó y acorraló de nuevo a Tyra contra el árbol. No podía creer que aquel rostro angelical fuera a pertenecer en poco tiempo a un hombre como Malcolm. Después de conocer sus intenciones en el ejército, podía esperar cualquier cosa respecto al resto de su vida, por lo que quiso prevenir a esa joven con la única intención de ayudarla.

—No os hagáis muchas ilusiones con él ni lo defendáis con tanto ahínco, muchacha.

—¡Lo defiendo porque es un hombre que me ama! —vociferó la joven cuadrando la espalda y levantando el mentón con orgullo.

—Lamento decepcionaros, muchacha, pero vuestro prometido solo tiene capacidad para amarse a sí mismo. Os habrá engatusado con alguna mentira.

—¡A mí sí me ama, señor! —chilló Tyra recordando el momento en el que Malcolm se le declaró—. Su amor es totalmente verdadero y me ama por cómo soy, no busca nada más.

Ewan se rio de ella y volvió a separarse sin dejar de mirarla a los ojos. A pesar de ese tenso desencuentro y de haberlo llamado ladrón, el joven no podía evitar sentir cierta pena hacia aquella muchacha que parecía amar de verdad a ese impresentable de Malcolm que solo había ido sembrando desgracia y desolación allá por donde pisaba. No estaba seguro de qué título podía desear ahora el militar o tal vez qué dote tenía aquella joven tan bella, valiente y temeraria que tenía frente a sí, pero desde luego estaba seguro que nada bueno podía pretender una persona como su antiguo compañero del ejército. Por su culpa había perdido absolutamente todo y la familia de la joven podría perder también mucho si la dejaban en sus manos. Sin embargo, a pesar de ese sentimiento contradictorio, Ewan sonrió por dentro ante la idea que se estaba comenzando a formar en su cabeza. Hacía años se había jurado a sí mismo vengarse de Malcolm en cuanto tuviera ante él la ocasión propicia para hacerlo, y ahora tenía una buena excusa para llevarla a cabo.

—Muchacha, espero que seáis muy feliz al lado de vuestro querido Malcolm Spears, aunque sinceramente lo dudo.

—¿De qué lo conocéis? —lo sorprendió con la pregunta.

Ewan levantó una ceja, pero no contestó, tan solo se limitó a alejarse unos metros de ella, huyendo de su mirada inteligente y observadora.

—Habláis de él como si lo conocierais de antes. Exijo que me lo digáis.

El tono imperativo de la joven molestó a Ewan que volvió de nuevo su mirada hacia ella y la observó, enfadado.

—Muchacha, no os debo ninguna explicación. Tan solo os he advertido del tipo de hombre con el que pretendéis casaros. Y gracias por la información —dijo con una sonrisa de lado al tiempo que se daba la vuelta y la dejaba plantada con la palabra en la boca.

Sin embargo, aquel gesto no agradó en absoluto a Tyra, que no iba a quedarse de brazos cruzados tras ver cómo ese desconocido insultaba a su prometido y se alejaba hacia su caballo sin pedir disculpas por su comportamiento.

Con el corazón latiendo con fuerza y un enfado que sobrepasaba los límites de ella misma, Tyra deseó hacerle pagar a ese hombre las palabras sobre Malcolm, además de hacerle ver que ella era tanto o más valiente que ninguna otra mujer, por lo que agarró una pequeña rama de un árbol cercano que había caído muy cerca de ella. Con decisión, la joven la tomó firmemente y se acercó por la espalda del desconocido y, sin más dilación, descargó con fuerza la rama contra la cabeza del joven, que, soltando una exclamación de dolor, cayó estrepitosamente a sus pies.

—¡Dios mío! —exclamó cuando vio que no se movía.

Ella solo había pretendido asustarlo o mostrarle sus arrojos para defender a su prometido frente a quien fuera. No pretendía matarlo ni hacerle tanto daño. Un pequeño hilo de sangre caía por el pelo del joven hasta llegar al suelo y, pensando que lo había matado, Tyra se alejó de allí y corrió hacia su caballo, sobre el que montó de un salto y con el que se alejó de ese lugar rumbo de nuevo a la protección que le daba su hogar.

No obstante, unos ojos acusadores habían visto todo desde cierta distancia y juraron vengarse de aquella joven rebelde que había golpeado a su amigo.

CAPÍTULO 2

Tyra tardó tan poco en llegar de nuevo a su casa que hasta ella misma se sorprendió por la rapidez. El caballo se mostraba tremendamente exhausto cuando llegaron a las cuadras de la casa en la parte trasera. Nada más verla llegar el mozo de cuadra, el joven estuvo a punto de llevarse las manos a la cabeza al ver el estado del caballo, por lo que se acercó a ella de inmediato y tomó las riendas del animal.

—Dale de comer y beber, Tom —le pidió la joven, ajena a la mirada de reojo del mozo de cuadras—. Y no le digas a nadie que he salido a cabalgar.

La mirada de advertencia de Tyra provocó el asentimiento del joven, que se llevó al caballo a su cuadra y lo cuidó y puso a punto para la próxima salida de su dueña, que esperaba, por el bien del animal, no fuera en pocas horas.

Tyra respiró hondo antes de salir de las cuadras. La joven se arregló como pudo las arrugas del vestido y el peinado prácticamente desecho, ya que temía cruzarse con su padre por los pasillos de la casa antes de llegar a su habitación para bañarse y quitarse la suciedad del camino. Y cuando por fin se dio el visto bueno, la joven salió de allí y se dirigió hacia la puerta principal de la casa con paso lento y comedido. Si su padre o algún otro sirviente la estaban viendo a través de una ventana, podrían sospechar que acababa de llegar de una buena cabalgada por el campo sin una sola compañía.

Pero a pesar de sus intentos por aparentar calma, su corazón aún podía escucharse saltar desbocado debido a lo ocurrido en medio del bosque en la frontera de sus tierras. No podía creer que el paso por esas zonas fuera totalmente libre y sin que su padre supiera que gente como ese desconocido pisara sus tierras. Sin embargo, no podía decir nada a su padre de ese encuentro, pues pondría el grito en el cielo y sería capaz de encerrarla hasta el día de la boda si era preciso.

Tyra sacudió la cabeza para sacarse esos pensamientos de la cabeza antes de cruzar el umbral de la puerta. Y aún no había caminado ni tres pasos hacia las escaleras cuando la figura de su padre apareció de repente en el pasillo, sobresaltándola por completo.

—¡Padre! —exclamó con cierta sorpresa.

Sus pasos se detuvieron al instante bajo la atenta mirada de su padre, que caminó hasta ella lentamente.

—Vienes muy acalorada, hija. ¿Te encuentras bien?

Tyra sintió entonces como sus mejillas se tornaban del color de la sangre y sacudió la cabeza en silencio mientras intentaba esbozar una sonrisa dulce y despreocupada. Pero cuando la mirada escrutadora de su padre bajó hasta las botas de montar, la joven tragó saliva ruidosamente. Después, carraspeó y amplió su sonrisa.

—Bueno, he estado ayudando a Tom en las cuadras. Estaba nerviosa por la fiesta de esta noche y necesitaba tener la mente ocupada en algo —dijo casi de carrerilla—. Había que preparar algunas cuadras para los caballos de los invitados más ilustres y ya sabe, padre, que los caballos son mi debilidad.

Orgullosa de sí misma por esa mentira inventada por completo bajo la presión de su padre, Tyra sonrió y se encogió de hombros como si lo que acababa de hacer no tuviera importancia. Después, tras comprobar todas y cada una de sus palabras mentalmente, John sonrió y asintió lentamente.

—Me parece bien que intentes mantenerte ocupada, hija, pero eso forma parte de las tareas del mozo, no de una señorita.

—Lo sé, padre —lo cortó enseguida—, pero yo solo...

—Date un baño —la interrumpió con el gesto serio—. Debes estar preparada para esta noche. Si Malcolm te viera así, no querría casarse contigo.

Tyra asintió mientras su padre se daba media vuelta y regresaba a su despacho. Tras esto, la joven no pudo evitar fruncir el ceño y mirarse la ropa. Y aunque estaba ligeramente arrugada y algo manchada de barro, no vio nada fuera de lo normal, por lo que no entendía las palabras de su padre. Este siempre había sido demasiado perfeccionista y quería que su hija estuviera siempre perfecta en cada ocasión, incluso cuando montaba a caballo, pero esa era una tarea realmente imposible.

Tras un largo suspiro, Tyra retomó su marcha y comenzó a subir las escaleras. Sentía que la tensión vivida se le echaba encima y las piernas comenzaron a pesarle más de lo debido, por lo que se animó a sí misma para correr a darse un baño caliente que desentumeciera por completo sus articulaciones y la ayudara a estar preparada para esa noche. Debía estar espléndida, y ningún desconocido tenía la licencia necesaria para irrumpir en su vida de repente y echar a perder la ilusión por casarse con Malcolm.

Cuando la joven entró en su habitación y comprobó que la tina estaba llena de agua, no pudo sino agradecer a su doncella que la cuidara tanto y hubiera estado preparando el agua y manteniéndola caliente para cuando ella llegara de su paseo. Así que Tyra se desnudó con prisa y se metió en la tina, lanzando un largo suspiro de placer cuando el agua caliente comenzó a envolver su cuerpo tensado. Una sonrisa se dibujó en sus labios y metió de golpe la cabeza para mojar sus cabellos y deshacerse del polvo del camino. La joven volvió a suspirar y se dejó caer sobre la bañera, disfrutando en completo silencio de ese pequeño momento para ella sola.

No obstante, de repente apareció en su mente la imagen de ese desconocido que le había amargado la salida y no pudo evitar turbarse. ¿Cómo era posible que ese hombre se hubiera colado en su mente en un momento en el que se encontraba completamente desnuda en la bañera? Si no estuviera totalmente segura de que estaba sola, habría pensado que se había colado físicamente en su casa para amargarle también la fiesta de esa noche. Y aunque intentó quitárselo de la cabeza, Tyra volvía una y otra vez a aquella mirada de un intenso color verde que parecía haberse anclado en su memoria, impidiéndole pensar en otra cosa.

Aquel desconocido la había tratado como nunca lo había hecho nadie en toda su vida. Tyra estaba acostumbrada a que todos la llamaran señorita o algo parecido, pero ese hombre no había mostrado respeto alguno por su posición, ni siquiera por ser una mujer prometida. Al contrario, la había tratado como a un igual, incluso la había humillado en varias ocasiones con sus palabras. Sin lugar a dudas, había tratado con un hombre deslenguado sin una pizca de buena sangre en sus venas que seguramente solo había conocido los barrios bajos de las ciudades y jamás se había relacionado con personas de categorías más altas. No obstante, le había dado la sensación de que la ropa que llevaba puesta era de buena calidad, aunque ya desgastada, por lo que supuso que la habría robado a algún noble o bien la había sacado de la basura.

Sin embargo, a pesar de sus malas palabras y el trato poco elegante recibido por él, Tyra no podía negar su atractivo salvaje. Los hombres con los que se había relacionado estaban siempre perfectos y jamás se salían de las normas, pero ese deslenguado parecía tan salvaje y atrayente como las novelas que su padre guardaba bajo llave en su biblioteca y que ella solo había podido acceder gracias a un truco que le había enseñado Tom para abrir cerraduras con una horquilla del pelo. Los hombres de esas novelas eran salvajes, atractivos y extremadamente viriles. Y ese joven reunía todas las características de los protagonistas.

—¿Pero en qué demonios estás pensando, Tyra? —se preguntó a sí misma en voz alta mientras un intenso rubor se dibujaba en sus mejillas.

La joven se llevó una mano al rostro para intentar esconderse de miradas inexistentes. ¿Cómo podía pensar en algo así si estaba prometida? ¿Cómo era posible que pensara que un hombre diferente a Malcolm era atractivo o viril? Si su padre pudiera leer sus pensamientos, al día siguiente estaría camino de un convento... Pero ese era el primer hombre que había tenido los arrojos suficientes como para dejar a un lado las normas y acercarse más de lo decente a ella. Incluso le había dado la sensación de que había estado a punto de besarla. Y luego estaba ese olor tan varonil que había llegado a sus fosas nasales mientras la miraba fijamente a los ojos...

Un gemido de placer se escapó de su garganta, provocando que Tyra fuera consciente de lo que estaba haciendo. Se maldijo a sí misma por pensar en ese hombre en lugar de Malcolm. Ella estaba enamorada de él desde la primera vez que lo vio y era en él en quien debía pensar, no en un completo desconocido sin una pizca de saber estar o educación.

—Estás loca, Tyra —se regañó a sí misma.

Negando con la cabeza, la joven terminó de lavarse y cuando por fin estuvo limpia, decidió salir de la bañera. Su cuerpo desnudo resplandecía y brillaba gracias al agua. La palidez que siempre había tenido le disgustaba a pesar de ser una muestra de su buena cuna, pero le habría gustado tener una pizca de color en su piel en lugar de ese tono blanquecino que a veces la hacía parecer enferma.

Con el albornoz protegió su cuerpo del frío. A pesar de que la chimenea estaba encendida la joven no pudo evitar un escalofrío y se aproximó al sillón que había frente a la hoguera para sentarse y dejarse envolver por su suave calor. Poco le importó que el suelo se llenara de pequeños charcos de agua. Tan solo se limitó a disfrutar de la tranquilidad que en ese momento parecía haber en la casa. Supuso que gran parte de los sirvientes se encontraba entonces en las cocinas ayudando a dar los últimos toques a la comida de la noche, algo que le provocó un nuevo nerviosismo en su estómago.

Estaba deseando que llegara la hora de la fiesta para ser la prometida de Malcolm a nivel público. Quería que todos lo supieran, pues era tal su felicidad que no podía esconderla entre los muros de su casa. Cuando su cuerpo por fin se secó, la joven miró la hora en el reloj de pie justo al lado de la puerta. Descubrió que ya quedaba menos de una hora para el momento en el que todos los invitados llegarían a la fiesta. Por ello, Tyra se levantó de un salto y se quitó el albornoz de encima, quedándose de nuevo completamente desnuda.

La joven se dirigió entonces a la gran cama con dosel que había en el centro de la habitación, donde las doncellas habían dejado el precioso vestido que llevaría a la fiesta. Se trataba de una hermosa pieza diseñada exclusivamente para la ocasión. Era un vestido de color aguamarina con hermosos ribetes de color blanco en las mangas y en el pequeño escote con forma de barco que haría resaltar sin duda el color blanco de su piel y las joyas que iba a llevar ese día. Estas se encontraban en una de las dos mesitas que había cada lado de la cama. Eran unas joyas que habían pertenecido a su madre y habían pasado de generación en generación. Estaban compuestos por unos pendientes, collar y pulseras de plata con piedras preciosas engarzadas en ellas, concretamente zafiros rosas, que combinaban a la perfección con el color elegido por la joven para su vestido.

Con lentitud para no arrugar la ropa, Tyra comenzó a vestirse. Nunca había querido que su doncella la vistiera, ya que pensaba que era algo tan íntimo que ella podía hacerlo sola, aunque cuando el cordón del corpiño estaba en la espalda de la prenda, la joven sufría para atarlo hasta que una doncella la socorría. Este no era el caso, pues el vestido lo había elegido con el cordón en la zona delantera, por lo que Tyra pudo atar la cuerda a la altura de la cadera y escondió el cordón sobrante entre las telas. La joven sonrió al verse reflejada en el espejo. Estaba realmente preciosa. Jamás se había sentido tan bien enfundada en un vestido tan ajustado, pero la felicidad del momento le hacía olvidar que siempre prefería vestirse con vestidos más sencillos o incluso ropa para montar.

Después se calzó los zapatos, que tenían un pequeño tacón muy cómodo para aguantar las largas horas de fiesta. Estos tenían el mismo color que las joyas, por lo que cuando caminaba y asomaban ligeramente entre los pliegues de la ropa, podía verse el color rosa.

Tras esto, la joven se dirigió a la mesita para tomar las joyas y ponérselas lentamente. La que más problemas le dio fue la pulsera, que tardó más de cinco minutos en lograr abrocharla para evitar perderla. Y justo cuando se encontraba poniéndose el segundo pendiente, unos nudillos tímidos llamaron a la puerta de su alcoba.

—¡Adelante! —dijo levantando la voz.

La puerta se abrió para dar paso a la doncella que solía estar más cerca de ella. La joven, que apenas sobrepasaba la veintena, era tan tímida que a Tyra a veces le costaba poder escuchar las palabras que salían de su boca.

—Señorita, ¿necesita ayuda para el peinado? —tartamudeó la doncella.

La aludida sonrió y asintió mientras le cedía el peine y se sentaba frente al tocador. La verdad es que algo tan simple como el peinado nunca se le había dado bien y cuando comenzaba a darse tirones en el pelo, prefería dejarlo y salir con el pelo alborotado, pero desde que Wendy estaba a su servicio, sus peinados habían mejorado demasiado.

—Wendy, realmente tienes un don para la peluquería —comentó mientras observaba cómo la joven ponía horquillas en su pelo sin parar para darle forma a un espléndido recogido.

La doncella sonrió y le agradeció sus palabras, pero prefirió no hablar, pues no era muy ducha en el verbo.

Pasados diez minutos, Wendy terminaba de colocar la última horquilla en el cabello de Tyra y esta no pudo sino felicitar con un gesto de auténtica sorpresa por el increíble peinado que le había hecho en tan poco tiempo. Le había dejado el pelo recogido casi en su totalidad, tan solo había dejado sueltos unos mechones rizados que caían alrededor de su rostro y en la parte trasera como si fuera una cascada en su espalda.

—¡Muchas gracias, Wen! —le dijo cariñosamente mientras se giraba la sorprendía con un abrazo—. Te voy a echar mucho de menos cuando me vaya de esta casa.

—Yo también, señorita —indicó con una tímida sonrisa—. Sois la única que me trata con respeto.

Tyra sonrió tristemente. Su padre no era muy bueno en el trato a los sirvientes. Era frío con ellos y a veces tan gruñón que cuando llegaba molesto a casa por algún tema del ejército, los sirvientes preferían evitar cruzarse con él. Las voces y gritos a veces hacían enfadar a Tyra, ya que ella siempre había considerado que esas personas eran como ellos y merecían el mismo respeto. Aunque su familia tuviera más dinero, no eran mejor ni peor personas que los sirvientes y a veces Tyra había dado dinero a escondidas de su padre a las doncellas que acababan de tener un hijo y apenas les llegaba el sueldo para alimentarlos. La joven agradecía en todo momento el dinero que tenía y siempre que podía, intentaba compartirlo con quien más lo necesitaba.

—¿Cómo ha ido vuestro... paseo? —le preguntó la doncella con una sonrisa en los labios.

La joven conocía a la señorita de la casa y sabía de sus salidas, aunque jamás se había planteado la idea de contárselo a nadie, pues su lealtad a Tyra era tan fuerte que a veces la consideraba como la hermana que nunca tuvo.

El rostro de Tyra se tornó de color y se giró con una mueca extraña en el rostro que la doncella no supo adivinar.

—¿Ha ocurrido algo, señorita? —Comenzó a preocuparse—. ¿Se ha cruzado con algún maleante?

El tono de voz con el que la doncella hizo las preguntas fue tan elevado que Tyra se llevó una mano a los labios para hacerla callar. Después se acercó a la puerta de su dormitorio para abrirla y comprobar que no había nadie por allí cerca que pudiera haber oído a la joven.

Tras un suspiro de alivio, se giró hacia Wendy la invitó a sentarse en la cama junto a ella.

—No me ha ocurrido nada malo, pero he tenido un encuentro muy desagradable con un hombre.

La doncella se llevó las manos a la boca para ahogar un grito de asombro.

—¿Un hombre?

Tyra asintió y procedió a explicarle todo lo sucedido con pelos y señales. No quería dejarse nada dentro, ya que la joven podía darle alguna idea de quién podía tratarse.

—¿Y por qué quiere saber su identidad, señorita? Tal vez era algún maleante recién salido de la cárcel. —La doncella se santiguó un par de veces antes de bajar la voz para decirle—. Podría haberla matado. ¡Válgame el cielo!

Wendy no podía creer lo que Tyra le estaba contando. ¿Y cómo era posible que la señorita estuviera tan tranquila después de lo ocurrido? Si ella hubiera estado en su lugar, se habría desmayado en cuanto el hombre hubiera entrado en su campo de visión.

—Sois muy valiente, señorita —le dijo con admiración.

Tyra respondió con una sonrisa y encogiéndose de hombros. No creía que fuera valiente, al contrario, una alocada que no había pensado en las posibles consecuencias de salir a cabalgar sola por el campo.

—No se lo cuentes a nadie, por favor.

La doncella asintió.

—Se lo prometo, señorita —dijo con una sonrisa al poder tener un secreto con ella.

Tyra le agradeció su silencio y en ese momento un intenso ruido procedente del jardín llamó su atención. La joven corrió hacia el balcón de su dormitorio y descubrió que el carruaje de Malcolm estaba a punto de llegar a la puerta de entrada a la casa.

—Es la hora... —susurró para sí.

—Estáis hermosa, señorita. Espero que lo paséis muy bien en la fiesta. Sois muy afortunada.

Tyra asintió y sonrió. Así se sentía, afortunada. Conocía a pocas mujeres que se habían casado con el hombre al que amaban. Y ahora ella tenía la suerte de poder compartir su vida con el primer y único hombre por el que había tenido bonitos sentimientos.

Sin más que añadir, Tyra salió de su dormitorio y se dirigió escaleras abajo para recibir, junto a su padre, que ya la esperaba impaciente junto a la puerta, a Malcolm. John la miró de arriba abajo comprobando el vestido de su hija mientras esta esperaba que le dijera un cumplido que no llegó.

—Estaba a punto de enviar a un sirviente a llamarte. ¿No podías haber bajado antes?

La mala cara que le dedicó su padre la hizo fruncir el ceño, pero cuando la puerta se abrió y desde allí vio al que era su prometido, la sonrisa que dibujó su rostro eclipsó todo lo demás.

El joven soldado estaba bajando entonces del carruaje y aún no había reparado en la presencia de su prometida, que ya había salido a la puerta, junto a su padre, para recibirlo. Cuando el joven se enderezó y miró al frente, esbozó una sonrisa de lado que durante un momento le hizo recordar las infames palabras del desconocido: "No quiere a nadie". Tyra tragó saliva y no se dejó embaucar por una persona a la que no conocía, aunque algo parecía haber cambiado dentro de ella ahora que lo tenía delante. Sus ojos lo veían con cierta desconfianza, pero intentó centrarse en la felicidad y olvidar lo demás.

Cuando Malcolm llegó a solo un metro de ellos, saludó amablemente a John con una inclinación de cabeza mientras que a Tyra la miró a los ojos directamente y le tendió la mano para agarrar la suya. Tyra, en ese momento, la alargó y la dejó caer sobre la palma de su prometido, sintiendo un escalofrío cuando sus pieles se tocaron.

—Es un placer volver a ver vuestro rostro y belleza, lady Stone.

Tyra sonrió ampliamente e inclinó la cabeza, agradeciendo sus palabras. Puesto que su padre estaba atento a sus movimientos, la joven intentó no hacer nada que saliera de lo normal para no darle un nuevo motivo que lo incitara a reprenderla.

Entonces, mientras Malcolm hablaba tranquilamente con su padre y esperaban al carruaje que ya se aproximaba en la distancia, Tyra observó de reojo a su prometido. Este vestía impolutamente el traje de gala del ejército inglés. No mostraba ni una sola arruga en los pantalones a pesar de haber viajado en el carruaje a lo largo de una buena distancia. Varios galones colgaban de su hombro derecho y la postura recta y orgullosa que mantenía lo hacía parecer casi más alto de lo que en realidad era, nada que ver con el desconocido que le había hablado de él.

La joven chasqueó la lengua y se golpeó mentalmente. Otra vez se había colado la imagen de ese hombre en su cabeza y en el momento menos adecuado. ¿Por qué demonios tenía que pensar en él? No era nadie. Y solo había querido amargarle la fiesta y el compromiso. Aunque ese hombre había conseguido algo: hacerle dudar. ¿Realmente Malcolm era el hombre que ella necesitaba para salir de esa casa y vivir una vida llena de amor? Tal vez su mente estaba tan llena de pájaros que no había sido capaz de ver la realidad. Sus ansias por salir de esa casa podían haberla arrojado a los brazos del primer hombre con el que había mantenido cierto contacto. Nunca había charlado con uno más que con los sirvientes, por lo que tras haber hablado con el desconocido, aunque fuera un salvaje, le hizo ver que había otras posibilidades.

—¿Querida? —La voz de Malcolm la sacó de sus pensamientos de repente.

Tyra levantó la mirada hacia él y su padre, que la miraban expectantes.

—Lo siento, no estaba escuchando.

Malcolm sonrió de lado mientras que su padre le hizo un gesto de enfado.

—No tiene importancia. Solo quería saber si estáis bien.

—Sí, sí. Un poco nerviosa. Nada más.

—Ya sabéis cómo son las novias, Spears. Todas se ponen dudosas cuando llega el momento.

—Por supuesto, señor Stone. Y es normal, por otra parte.

La amabilidad de Malcolm era desorbitada. Sonreía a diestro y siniestro sin ser consciente del profundo examen al que Tyra lo estaba sometiendo. Sin embargo, la llegada de un nuevo carruaje interrumpió sus pensamientos y mientras Malcolm se colocaba entre padre e hija, los invitados comenzaban a llegar.

Tras más de media hora recibiendo a los invitados a la cena en la puerta de la casa, ya por fin se encontraban todos en el gran salón donde iban a celebrar la fiesta de esa noche. Tyra se encontraba sentada en la mesa central junto a su padre. Malcolm estaba sentado justo a la derecha de John, por lo que estaban tan cerca que a veces podían mantener una ligera conversación bajo la atenta mirada de su padre. Tyra se sentía extasiada. Por fin había podido olvidar o al menos dejar a un lado las dudas que le habían surgido a última hora, por lo que estaba disfrutando verdaderamente de la fiesta. Y no solo ella, los invitados parecían estar pasándolo en grande entre la cuantiosa comida y las innumerables conversaciones que tenían.

Tyra se dio cuenta de que una amplia sonrisa se dibujaba en su rostro y no pudo sino estar más contenta por todo lo que estaba sucediendo.

—Hija, voy a saludar a unos amigos —le dijo su padre al oído antes de levantarse y aproximarse a unos soldados compañeros de John desde hacía años en el ejército.

La verdad es que a Tyra le habría gustado ver a más mujeres entre los asistentes, pero muchos de ellos eran soldados y algunos no se habían casado o bien estaban viudos. Tan solo una decena de mujeres estaba repartida a lo largo del salón y la joven pudo ver que en sus rostros se dibujaba una expresión de aburrimiento. La joven se apiadó de ellas, pero no podía hacer nada para animarlas desde allí y se dio cuenta de que ella no quería eso. Aquellas mujeres eran simples muebles al lado de sus maridos, quienes apenas les habían dirigido la palabra durante toda la cena. Tyra se había prometido desde pequeña no ser así, y se dio cuenta de que ella estaba avocada a lo mismo con ese matrimonio. Era algo en lo que no había reparado hasta ese momento. Siempre había pensado en la felicidad de pasar su vida junto al hombre al que amaba, pero Malcolm también era militar y seguramente a ella le tocaría estar en más de una ocasión tan aburrida como aquellas mujeres.

—¿Puedo conocer vuestros pensamientos, querida?

La voz cansina de Malcolm llegó a sus oídos, interrumpiendo sus pensamientos y obligándola a volver la cabeza hacia su derecha. La sonrisa que mostraba su prometido era amplia y sus ojos estaban tan fijos en ella que parecía querer adivinar lo que pasaba por su mente en ese momento antes de que la joven hablara. Sin saber muy bien por qué, Tyra se sintió nerviosa y molesta por aquella pregunta. No obstante, la joven carraspeó y sonrió.

—Tan solo miraba si todos los invitados se lo están pasando bien —fueron sus palabras—. Un buen anfitrión debe ocuparse del bienestar de sus invitados.

—Por supuesto —asintió el soldado mientras echaba un vistazo a los allí presentes—. Todos parecen muy animados.

Tyra torció el gesto y los labios.

—Bueno, no todos. Si os fijáis bien, señor Spears, las mujeres están aburridas.

—¿Y? —preguntó Malcolm para sorpresa de la joven—. Ellas solo han venido como acompañantes. Los hombres estarán hablando de política. ¿Qué sabrá una mujer de política?

Tyra apretó los cubiertos de sus manos con tanta fuerza que sus nudillos se volvieron blancos de repente. La joven rechinó los dientes y desvió la mirada un momento para simular una tos mientras intentaba procesar aquellas palabras de su futuro marido. Un nudo extraño se instaló en el centro de su pecho, el cual interpretó como un sentimiento que parecía ser rabia. Pero ¿rabia hacia qué o quién? ¿Hacia el comentario o a Malcolm? ¿Cómo iba a sentir rabia por el que iba a ser su marido? No obstante, el joven nunca había hecho un comentario de ese tipo delante de ella. Al contrario, siempre parecía haber sido un defensor del papel de las mujeres en la sociedad y parecía ser verdaderamente respetuoso con a ellas. Pero esas palabras decían lo contrario y mostraban a un Malcolm totalmente diferente al que ella había conocido hasta entonces. Y no estaba segura de si ese comentario había sido algo aislado o realmente el soldado pensaba así.

—Bueno, las mujeres podemos hablar de lo que sea siempre que nos hagan un hueco en la conversación.

Esas palabras provocaron la risa de Malcolm y la posterior indignación de Tyra, que soltó lentamente los cubiertos intentando hacer el menor ruido posible a pesar de que deseaba tirarlos contra el plato y romperlo. No sabía cómo interpretar el devenir de la conversación y la verdad es que no estaba segura de si deseaba interpretarlo, pues tal vez si seguían por ese camino, tendrían una fuerte discusión antes de la boda.

La joven optó por callar y esbozar una simple sonrisa a Malcolm que la miraba con firmeza. Un silencio incómodo se instaló entre ellos durante un par de minutos, pero la presencia de su padre, que regresó junto a ellos, rompió la tensión que flotaba en el aire.

—¡Señores! —John llamó la atención de todos los allí presentes.

El padre de Tyra estaba de pie entre los futuros contrayentes y los miraba alternativamente con una sonrisa en los labios. Malcolm también le devolvía la sonrisa sin dejar de observar la seriedad que ahora mostraba el rostro de Tyra. La verdad es que la felicidad de la joven se había desinflado al instante con aquellas palabras de su prometido. No podía creer que el joven pensara así, ya que siempre lo había visto como un hombre totalmente diferente a los demás que podía proporcionarle la vida que ella deseaba.

—Quiero proponer un brindis por mi preciosa y admirable hija —comenzó levantando la copa— y por mi futuro yerno, del cual espero que sea excepcional.

Malcolm se levantó y ofreció su copa al resto. Después, John se giró hacia su hija, que se levantó mecánicamente y elevó también su copa mostrando una sonrisa falsa a pesar de que por dentro solo quería llorar.

—La fecha de la boda está fijada para finales de este verano, concretamente el 1 de septiembre —anunció John—. Os deseo la mayor felicidad del mundo.

Todos levantaron sus copas y bebieron después de brindar por ellos, sin embargo, Tyra estaba totalmente quieta. Parecía hacerse quedado petrificada, sobre todo después de conocer la fecha de la boda, para dentro de dos meses, ya que ella desconocía que su padre y Malcolm habían decidido cuándo sería.

Mientras todos bebían, Tyra observaba a su padre, que terminaba el contenido de su copa de un solo trago.

—¡Que empiece el baile, señores! —exclamó John con alegría.

Tyra levantó una ceja. A pesar de ser la protagonista de la noche, se sentía como una completa desconocida y ajena a todo lo que sucedía a su alrededor. Tras dejar la copa de nuevo en la mesa sin apenas haber probado el contenido de la misma, la joven se acercó a su padre y le preguntó en voz baja.

—Padre, ¿por qué no me había dicho que ya tenía una fecha para la boda? ¿Y por qué no me consultó?

John se volvió hacia ella y estalló en carcajadas. Malcolm, que había escuchado sin querer las preguntas, secundó a su padre.

—Hija mía, no te corresponde a ti decidir nada. Soy yo quien lo hace y cuando te cases, será Malcolm quien decida por ti.

—Muchas de mis decisiones las he resuelto yo, padre, y pensaba que esto, al ser tan importante, se me tendría en cuenta.

—Debes ocupar ahora el lugar de una buena esposa. Estás a punto de casarte y tendrás que hacerte a la idea de que ahora Malcolm decidirá en tu nombre.

Tyra apretó los dientes, pues sentía que toda la libertad de la que había disfrutado durante todos esos años se iban a esfumar en tan solo dos meses, y ya había empezado el proceso poco a poco. Le habría gustado gritar y preguntarle a su padre si ella no era lo suficientemente inteligente como para poder decidir, que no era un mueble al que podías llevar donde quisieras y que se mantuviera callado y quieto hasta que le dieran permiso para hablar. Ella era una mujer, una persona y no podía imaginar su vida como la de las mujeres que habían asistido a su fiesta.

La joven chasqueó la lengua cuando su padre se aproximó de nuevo a sus compañeros y la dejó sola con Malcolm y con la palabra en la boca. Le habría gustado dejar las cosas claras en ese momento, pero estaba segura de que su padre lo sabía y huía para no hablar del tema y montar un escándalo. Sin lugar a dudas, la conversación que había mantenido con Malcolm había echado todo a perder. La felicidad que había sentido semanas atrás e incluso ese mismo día habían desaparecido de golpe, sumiéndola en una espiral de sentimientos encontrados de la que le era imposible salir para seguir la fiesta como si nada hubiera ocurrido.

—¿Bailamos? —La voz de Malcolm irrumpió sus pensamientos.

Tyra lo miró y vio que este le ofrecía su brazo para ir a bailar una música que ya estaba sonando en el salón de al lado, donde sería el baile posterior a la cena. Todos los comensales habían dejado ya sus asientos y se dirigían hacia el salón contiguo. Las mujeres se habían reunido y formaban un pequeño grupo que se dirigía también al salón, pero Tyra vio que se quedaban aisladas y sentadas en un lugar apartado de los hombres.

—Claro... —dijo la joven en apenas un susurro.

Tras un largo suspiro, Tyra pasó su brazo por debajo del de Malcolm y sintió como este la apretaba contra sí con fuerza. La joven intentó no darle importancia para seguir disfrutando a pesar de todo. Por lo que se dejó guiar hasta el salón y ambos se colocaron en el centro de todos, siendo el foco de las miradas de los asistentes.

Tyra puso su mano izquierda en el hombro de Malcolm mientras que este fijó su mano en la cintura de la joven. Y después de mirar a la pequeña orquesta, a un simple gesto, esta comenzó a tocar una suave melodía que más de uno conocía. Se trataba de un vals que siempre bailaban los futuros novios en las fiestas de compromiso como aquella y Tyra siempre deseó bailar agarrada de las manos de su pareja.

—Estáis hermosa, querida —le indicó Malcolm con una sonrisa mientras la miraba a los ojos.

Ambos seguían bailando mientras que poco a poco los asistentes fueron animándose y secundaron a los futuros novios para bailar con las pocas mujeres que había en el salón.

Tyra se sonrojó con el cumplido de su prometido y bajó la mirada con una sonrisa sincera en los labios. A pesar de que se había enfadado antes, tenía la esperanza de que hubiera sido un simple comentario malinterpretado por su parte y se limitó a hacer caso a lo que decía su corazón.

Se encontraba en los brazos del hombre al que amaba. No importaba más. Este la había tratado siempre con respeto y estaba segura de que lo seguiría haciendo con el tiempo, por ello, se limitó a bailar y disfrutar como había deseado desde que comenzaron los preparativos para ese día.

Cuando la música llegó a su fin, Tyra sintió que las manos de Malcolm bajaban y se alejaban de ella, por lo que un fugaz sentimiento de tristeza le cruzó el rostro.

—Me gustaría tomar el aire fresco de la noche. ¿Me acompañáis? —le pidió Malcolm.

Tyra asintió al momento. No podía creer que pudieran escaparse de la fiesta para estar a solas durante un rato.

—Pero ¿y los demás?

Malcolm sonrió y se encogió de hombros.

—Nos iremos sin que nos vean —dijo en voz baja para que nadie los escuchara.

Aquella alarmante idea, en lugar de asustar a Tyra, le provocó el morbo necesario para que asintiera sin pensarlo dos veces. Por ello, lentamente y sin que nadie se diera cuenta de ello, la pareja salió del salón y se dirigió hacia una de las puertas secundarias de la casa.

Cuando el aire fresco de la noche los recibió, Tyra sintió un escalofrío. Le habría gustado ponerse el abrigo, pero habría perdido demasiado tiempo en ir a buscarlo. En ese momento, sintió sobre sus hombros el calor de la chaqueta de Malcolm, que se la había quitado y se la cedió con una sonrisa en los labios.

Ambos caminaron durante un buen trecho por el jardín de los Stone. Pocas habían sido las veces que Tyra había salido de su dormitorio en medio de la noche para disfrutar de la soledad y silencio de ese lugar cuando no podía dormir, pero jamás se le había ocurrido que podría estar allí durante la noche con Malcolm. Ese pensamiento le provocó un intenso nerviosismo en el estómago, pero sabía que a manos de él nada podría pasarle.

—Ya os lo he dicho, pero quiero reiterarlo: estáis preciosa, Tyra.

Aquella era la primera vez que la llamaba por su nombre y la joven no pudo evitar sonreír. Entonces lo miró y sus sentimientos parecieron fortalecerse a pesar de las palabras durante la cena. Lo veía guapísimo con su uniforme de gala y su rostro parecía brillar a la luz de la luna. La joven lo miraba embobada y apenas fue consciente de que Malcolm le tendía una cajita.

—Quería daros este presente a solas.

Tyra lo miró sorprendida y con la boca abierta. Hacía demasiado tiempo que no recibía un regalo, por lo que el entusiasmo que mostró mientras habría la caja habría hecho sonreír a cualquiera, excepto a Malcolm, que la miraba a la espera de que la joven le agradeciera el gesto.

Dentro de la caja había un pañuelo blanco bordado con flores de color rojo y violeta. A su alrededor sobresalía el encaje de oro que más llamó su atención y miró a Malcolm con auténtica devoción.

—Muchas gracias. Es precioso.

—No tanto como vos —respondió—. Este pañuelo se lo regaló mi tatarabuelo a su esposa, y ha ido pasando de generación en generación. Ahora está en vuestras manos como símbolo de mi amor por vos.

Los ojos de Tyra parecieron brillar por la emoción durante unos segundos, y tuvo que contenerse para no abrazarlo con fuerza. Sin embargo, el joven soldado se acercó lentamente a ella sin dejar de mirar hacia sus labios. Tyra se sintió de repente nerviosa. ¿La iba a besar? Cuando vio que el soldado cerraba los ojos, la joven también lo hizo y sintió el casto beso de Malcolm en sus labios. Su corazón latía con fuerza, ya que era la primera vez que alguien la besaba. Pero a pesar de la emoción por ese beso, Tyra no sintió nada de lo que contaban en las novelas de amor que había leído. Ahí siempre hablaban de algo más, de un sentimiento en el vientre que las hacía enloquecer. Pero nada más lejos de la realidad. No obstante, la joven pensó que tal vez se trataran de los nervios que sentía y tal vez las próximas veces adquiriera más experiencia con la que poder disfrutar.

—¿Regresamos a la fiesta? —preguntó Malcolm—. Vuestro padre podría estar buscándonos.

Tyra asintió y guardó el pañuelo entre los pliegues del vestido, en un pequeño bolsillo. Volvió a tomar el brazo de su prometido y con una sonrisa regresaron a la fiesta para no abandonarla durante el resto de la noche.

Lo que ninguno sospechó es que en el jardín no habían estado solos, sino que unos ojos verdes los habían observado desde la distancia, prometiendo venganza por todo el daño sufrido.

CAPÍTULO 3

Habían pasado ya más de tres horas desde que los invitados a su fiesta de compromiso se habían marchado a sus hogares, incluido Malcolm. Eran más de las doce de la madrugada y Tyra aún no había podido conciliar el sueño. El día había sido tan ajetreado y estresante que desde que sus huesos habían tocado el colchón no había podido dormir. La joven pensaba que con el cansancio terrible que sentía y el ligero dolor de cabeza que la atacaba después del pequeño malentendido con Malcolm iba a quedarse dormida nada más acostarse, pero no era así.

Los ojos de Tyra estaban tan abiertos que parecía que aún quedaban unas horas para dormir. Durante varios minutos había pensado en la posibilidad de ponerse a leer un rato, pero estaba segura de que su mente no iba a poder tomar el hilo de la historia que contuviera el libro.

La joven aún podía sentir en sus labios el casto beso de Malcolm y no podía dejar de pensar en ello, por lo que supuso que era su prometido el causante de que esa noche no pudiera dormir. Todavía estaba nerviosa por su encuentro fuera de la fiesta en medio de la oscuridad del jardín. Le había parecido demasiado atrevido incluso para ella, que siempre había buscado aventuras fuera de lo normal, pero le había encantado tener un momento de intimidad con su prometido. ¡La había besado! Una sonrisa bobalicona se dibujó en sus labios. No podía creerlo. Si su padre los hubiera visto, habría sido capaz de matarlos o casarlos allí mismo antes de que el soldado tuviera una nueva oportunidad de tocarla.

La joven volvió a girarse en la cama mientras inspiraba hondo para intentar relajarse. La suavidad de las sábanas blancas la envolvía y desde allí se sentía protegida por ellas, pero ni aún así lograba conciliar el sueño. Tras un largo suspiro y después de más de una decena de movimientos, Tyra retiró las sábanas de su cuerpo y se levantó de la cama.

Sentía que no podía estar más tiempo allí y debía hacer algo para sacar de su interior la adrenalina que aún corría por sus venas. La joven se dirigió hasta una de las sillas donde había dejado su bata y se la puso encima del camisón. Había escuchado como poco a poco los sonidos de la casa fueron apagándose lentamente hasta quedar todo en completo silencio, por lo que estaba segura de que nadie la vería en camisón pululando por los pasillos fríos de la casa.

Intentando no hacer ruido, la joven tomó el pomo de la puerta de su habitación y lo abrió lentamente. Este chirrió ligeramente, pero Tyra se detuvo unos segundos para comprobar que nadie la había escuchado. Por lo que, tras abrir por completo la puerta, se aventuró en la oscuridad del pasillo. Decidió no llevar un candil o algo que pudiera darle luz, ya que se conocía la casa como la palma de su mano. La joven sonrió cuando pasó por delante de la puerta de la alcoba de su padre. Este le había comentado antes de retirarse a dormir que cuando la fiesta acabara, él iba a marchar a casa de uno de los asistentes para comprobar algo del trabajo, así que John no pudo escuchar el crujido que hicieron sus pies justo cuando pasaba por delante de la puerta.

Lentamente, Tyra bajó las escaleras agarrada firmemente a la barandilla para no caerse, y cuando por fin llegó hasta abajo, lanzó un suspiro de alivio. Desde allí se dirigió hacia las cocinas. A pesar de la comida copiosa de la noche, la joven casi no había probado bocado debido a los nervios por la fiesta y las palabras de Malcolm, que se le clavaron en el alma. Por ese motivo, su estómago rugía con fuerza y pensaba que tal vez era el motivo por el que aún no había podido conciliar el sueño.

Cuando llegó a las cocinas, Tyra sonrió y gimió de placer al notar el olor a carne asada que salía de una de las cacerolas que habían preparado de más para la fiesta y que, lógicamente, había sobrado prácticamente entera. La joven tomó uno de los platos que los sirvientes habían dejado secándose sobre la encimera de madera y lo llenó de esa jugosa y aún humeante carne que parecía llamar a su estómago.

Tras llenar el plato, la joven se dispuso a sentarse en una de las sillas de la cocina. Aquella no era la primera vez que comía algo allí, ya que cuando su padre no estaba le gustaba comer y disfrutar de la compañía de los sirvientes más cercanos. En ese momento, se dio cuenta de la cantidad de trabajo que habían tenido todos debido a su fiesta de compromiso. Mientras degustaba la comida, se fijó en que en la encimera había gran parte de la enorme vajilla de su padre esperando a secarse. Los invitados habían usado una media de tres platos por cabeza, unido a los utensilios que también estaban secándose, además de las cacerolas, Tyra calculó más de una centena de cosas por fregar. Y en ese momento se sintió mal por haber hecho que tuvieran que trabajar más.

Tyra desvió entonces la mirada hacia la negrura de la noche. En la cocina había casi la misma oscuridad que fuera de los muros, tan solo rota por la pequeña luz de un candil que reposaba sobre la mesa en la que estaba comiendo. Se preguntó qué habría fuera de los muros de su hogar y qué podía esperar de la vida a partir del momento en el que tuviera que dejar esa casa para irse a vivir con Malcolm. La sola idea de pensarlo ya la ponía nerviosa. Allí había sido feliz a pesar de las exigencias y el carácter serio y extraño de su padre. Pero ¿en casa de Malcolm también lo sería o su rostro se amargaría como el de las mujeres que había en la fiesta? Un nudo le atenazó entonces el pecho y decidió que era hora de regresar a la cama y olvidar ese hecho puntual de la fiesta. Estaba decidida a que su vida no fuera como la de aquellas mujeres, así que no iba a pensar más en ella.

Tyra se levantó de la silla y, tras fregar el plato en el agua que habían dejado los sirvientes, regresó por donde había venido. Dejó las cocinas atrás para dirigirse a las escaleras. La oscuridad era máxima. Necesitó varios minutos para volver a adaptarse a ella, y cuando por fin logró ver en la negrura del pasillo, lo cruzó lo más rápido que pudo. Sin embargo, cuando sus pasos pasaron frente a la puerta de la biblioteca, un ruido extraño llegó hasta sus oídos, frenándola de golpe.

Tyra frunció el ceño, ya que estaba segura de que todos a esa hora estaban durmiendo y su padre no podía ser porque estaba de viaje, aunque tal vez había llegado sin que ella lo escuchara. Durante unos segundos, dudó sobre si debía entrar a comprobar porque si se trataba de su padre, puede que la amonestara por estar despierta a esas horas y andando por la casa. Sin embargo, si su padre aún no había llegado, tal vez podía ser alguno de los sirvientes que estuviera buscando algo en ese lugar. Pero todos eran de confianza y no creía que estuvieran intentando robar aprovechando la ausencia de su padre.

Por ello, armándose de valor, Tyra acortó la distancia que la separaba de la puerta de la biblioteca y apoyó la cabeza contra ella para escuchar lo que sucedía en el interior. Un nuevo ruido la asustó y confirmó que había alguien dentro de aquella habitación y estaba segura de que si fuera algún sirviente, no se habría encerrado dentro de la estancia.

Con el corazón latiendo fuertemente, Tyra se armó de valor y tomó el pomo de la puerta. La joven intentó hacer el menor ruido posible mientras lo giraba hacia un lado. En su estómago había un nudo terrible, fruto del intenso nerviosismo y, durante un segundo, pensó que la cena que acababa de comer la iba a vomitar de un momento a otro. Escuchando los latidos de su corazón, empujó la puerta de la biblioteca para abrirla y vislumbró el interior de forma rápida.

—¿Padre? —No obtuvo respuesta.

La joven vio que todo estaba revuelto y que numerosas carpetas de su padre estaban tiradas por el suelo y abiertas. Infinidad de hojas sueltas se encontraban esparcidas de un extremo a otro de la mesa y cajones de esta se encontraban abiertos y con todo fuera de su lugar.

Tyra miró de un lado a otro esperando encontrar al causante de ese desastre, pero solo descubrió que la ventana de la estancia estaba abierta por completo, dejando entrar el aire frío de la madrugada. La joven dio un par de pasos hacia adelante con la intención de cerrarla antes de que algún animal peligroso pudiera introducirse dentro de la casa, pero cuando soltó el pomo de la puerta para alejarse de ella, Tyra escuchó a su espalda cómo se cerraba con un golpe sordo. En el momento en el que se giraba para comprobar qué pasaba, una mano gruesa apareció de la nada para taparle la boca con ella y ahogar su grito asustado.

Su espalda chocó contra el pecho fornido de un hombre y un intenso olor a perfume varonil llegó hasta su nariz, provocando que su corazón se desbocase por completo. Y cuando otra mano firme se adhirió a su cintura para apretarla aún más contra él, Tyra creyó que iba a desmayarse antes de descubrir la identidad del maleante.

—Vaya, vaya... La protagonista de la fiesta...

Tyra abrió desmesuradamente los ojos. Reconocería aquella voz donde fuera. No podía creer que estuviera allí dentro de su casa. Pero ¿cómo había logrado entrar? Todas las noches, uno de los sirvientes comprobaba que todas las ventanas estuvieran cerradas por completo antes de irse a dormir con el fin de evitar que alguien entrara por ellas. Pero estaba segura de que aquel hombre había logrado burlar la seguridad de la casa. Y lo peor de todo es que ahora estaba a su merced.

Tyra intentó quitar la mano del hombre de su boca, pero fue en vano. El joven apretaba con fuerza, clavando los dedos en las mejillas de Tyra, que entrecerraba los ojos debido al dolor que le provocaba.

—¿Qué tal ha ido vuestra celebración? Por lo que he podido ver en el jardín ha sido divertida...

Tyra abrió los ojos desmesuradamente. ¿Los había visto en el jardín cuando salieron unos minutos de la fiesta?

—Qué raro que vuestro querido prometido no se haya quedado con vos cuando vuestro padre se ha ido...

La joven sacudió su cuerpo para intentar alejarse de él, pero tras ver que no podía hacerlo, optó por pisar con fuerza su pie. A lo que Ewan respondió con un quejido y aflojó la mano, ocasión que aprovechó Tyra para deshacerse de su amarre y aproximarse a la mesa donde su padre siempre dejaba un abrecartas de oro. Lo cogió y se volvió hacia el desconocido empuñándolo con fuerza.

—No te acerques —lo amenazó tuteándolo—. No has sido invitado a esta casa ni eres bienvenido en ella.

Ewan sonrió y mostró su perfecta y blanca dentadura, lo cual confirmó a Tyra que ese hombre no era un pordiosero sin dinero que había entrado a robar. La luz de la luna se filtró entonces a través de la ventana, permitiendo que el rostro de Ewan pudiera distinguirse a la perfección en la oscuridad. Y así, bajo el embrujo de la luna, sus facciones parecían perfectas, como si se tratara de una estatua esculpida por uno de los mejores artistas de la historia. De hecho, le dio la sensación de que el joven tenía algo hipnótico que le desvió la atención momentáneamente, por lo que Tyra se obligó a sí misma a mantenerse alerta en todo momento.

—Sin embargo, aquí estoy —fue su respuesta—. Y nadie me lo ha impedido, muchacha.

Ewan dio un paso hacia ella sin dejar de mirar la mano que sostenía el abrecartas. Cuando Tyra lo vio acercarse, también se alejó de él y lo apretó con tanta fuerza que notaba cómo se clavaban en su palma las piedras preciosas del arma.

—Pensaba que después del golpe de esta mañana estabais muerto. ¿Os duele la cabeza? —preguntó la joven con un esbozo de sonrisa en los labios.

La sonrisa de Ewan se borró de golpe y frunció el ceño al tiempo que entornaba ligeramente los ojos.

—Tenéis una lengua muy suelta para ser una señorita —siseó Ewan dando otro paso hacia ella.

—Supongo que mi padre jamás ha podido frenarla.

—Entonces no debéis preocuparos, muchacha. Malcolm os la frenará a golpes, os lo aseguro.

Tyra lo miró con mala cara y levantó la mano que sostenía el abrecartas, colocándolo a la altura del rostro de Ewan.

—Él no es de esos —lo defendió.

—Me temo que no lo conocéis lo suficiente a pesar de casaros con él dentro de poco...

—Si lo conozco o no, no es asunto vuestro, así que marchaos ya de mi casa.

Ewan chasqueó la lengua al tiempo que torcía la cabeza. El joven se frotó las manos sin dejar de mirarla a los ojos y después volvió a sonreír.

—Es asunto mío si tenemos en cuenta que mi objetivo es vuestro querido Malcolm. Y vos estáis en medio, mi lady. —Ese apelativo lo dijo con cierta sorna—. Vos me serviréis para la venganza que tengo en mente.

Tyra entornó los ojos al tiempo que negaba con la cabeza.

—Os equivocáis, señor. Yo no voy a hacer nada para vos y tampoco voy a permitir que hagáis daño a Malcolm.

Tyra empuñó entonces con fuerza el arma y se lanzó contra él, pero Ewan, que había adivinado sus movimientos, se movió con rapidez y agarró con fuerza la mano con la que sostenía el abrecartas. Se lo arrancó con apenas un movimiento fácil y sin apenas ejercer demasiada fuerza. Después, la empujó contra él y apretó el cuerpo de la joven contra el suyo al tiempo que volvía a cubrir la boca de la joven con su mano para evitar que pudiera dar la voz de alarma a los sirvientes.

Tyra se movía con todas sus fuerzas, incluso se atrevió a intentar volver a herirlo o arañarlo, pero Ewan ya temía todos y cada uno de sus movimientos y estaba alerta para evitar que volviera a golpearlo.

—Mi lady, no hace falta que sea con vuestro consentimiento. Vendréis conmigo queráis o no.

El corazón de Tyra se alarmó con aquellas palabras. ¿Ir con él? ¿A dónde? No podía irse con él en medio de la noche y desaparecer, ya que todo lo que había conseguido hasta entonces se podía echar a perder después de eso, especialmente su reputación. Por ello, la joven volvió a la carga y logró patearlo en la espinilla, arrancándole un gemido de dolor, por lo que Ewan decidió hacer lo que había intentado evitar. El joven se aproximó a la mesa, donde había dejado la cuerda que había llevado hasta allí y empujó a Tyra de cara contra la pared. Después, empuñando frente a sus ojos el mismo abrecartas con el que la joven había intentado herirlo, le advirtió:

—Si se os ocurre gritar en algún momento, vuestra sangre regará la biblioteca de vuestro padre. ¿De acuerdo?

El tono imperativo que usó el joven, estremeció a Tyra por completo, que asintió sin pensarlo ni un segundo y cerró la boca al mismo tiempo que los ojos. Al instante, la cortante y áspera cuerda se enredó entre sus muñecas con ímpetu, arrancándole una queja casi muda por miedo a que el desconocido cumpliera su amenaza. Tyra sintió cómo las cuerdas se clavaban en su carne con fuerza. Le habría gustado pedirle que no hacía falta que fuera así, que no iba a intentar escapar, pero estaba tan asustada que temía decir algo que acabara volviéndose en su contra.

Cuando Ewan terminó de comprobar las cuerdas, la obligó a volverse y la miró a los ojos. Comprobó que la joven los tenía llenos de lágrimas y, aunque una parte de él sintió cierta compasión por ella, los recuerdos del pasado y la vida que debía llevar por culpa de Malcolm se apoderaron de nuevo de todo su ser y clamaron venganza.

—Supongo que cuando os prometisteis con Malcolm no pensabais que podría sucederos esto, pero vuestro prometido no es quien creéis que es. Y pienso demostraros eso a voz y todo el mundo.

—Por favor, yo no tengo nada que ver con lo que sea que os hizo... No me hagáis esto.

Ewan tragó saliva y dudó unos segundos. Finalmente, con el abrecartas rasgó una parte de la bata de Tyra y la amordazó sin más explicaciones.

—Lo siento, pero sois el cebo perfecto.

En el momento en el que una lágrima se escapaba de sus ojos, Ewan la agarró del brazo y la condujo hacia la ventana. Esta se encontraba a poco más de un metro del suelo, por lo que el joven ayudó a Tyra a bajar, comprobando que su peso parecía ser el de una pluma. Y después, tras haber advertido a la joven de que se mantuviera quieta, Ewan salió de la casa también por la ventana.

—Vamos... —ordenó.

Agarrándola del brazo y corriendo hacia la espesura del bosque,

Ewan la condujo en la oscuridad sin dejar de mirar de un lado a otro para ver si alguien podía descubrirlos.

CAPÍTULO 4

No estaba segura de dónde se encontraba. Aquellas tierras de su padre no las había visitado jamás, aunque sabía que aún no habían dejado las tierras pertenecientes al barón de Nottingham. Tyra sabía que estaban cabalgando hacia el noreste del país, pero no sabía con exactitud hacia dónde.

Había pasado una hora escasa desde que Ewan la había sacado a la fuerza de la calidez de su hogar para llevarla Dios sabía dónde. Se encontraba perdida y asustada, aunque también tenía la sensación de que iba a quedarse congelada en poco tiempo. Ese desconocido para ella la había sacado de casa con tan solo el camisón y la bata y por desgracia tenía las manos atadas y no podía arrebujarse más entre la suave y fina tela de la bata para librarse de la brisa del norte que ahora los azotaba levemente.

La incomodidad de cabalgar juntos se sumaba a que sus manos estaban atadas a la espalda, por lo que Tyra sentía chocar contra sus manos el pantalón de su secuestrador, lo cual la hacía sonrojarse cada vez que la tela la rozaba. La joven intentaba por todos los medios levantar levemente las manos, pero la intensidad del caballo la propulsaba contra Ewan una y otra vez. Para más inri, el desconocido había posado su mano izquierda en la cintura de la joven para evitar que se cayera del caballo, aunque ella hubiera preferido mil veces caerse a que ese hombre la tocara, y mucho menos en un lugar tan íntimo como ese.

Tyra intentaba una y otra vez que la mordaza de su boca se cayera, pero sin éxito. Y cuando por fin parecía que esta cedía ligeramente, Tyra no pudo sino quedarse petrificada cuando en un pequeño claro en el bosque vio aparecer una sombra entre la negrura de la noche. Su corazón saltó debido al susto inicial, aunque durante unos segundos su felicidad alcanzó las cotas más altas al pensar que habían descubierto a su secuestrador y venían para detenerlo.

No obstante, tras unos momentos de confusión, Ewan dirigió su caballo hacia ese hombre recién llegado. Tyra entornó los ojos para distinguir su figura a través de la oscuridad y lo que vio no le gustó nada en absoluto. La joven tragó saliva como pudo al ver la cara de ese hombre. Se trataba de alguien muy alto a pesar de estar montado en el caballo. Su complexión era fuerte, aunque no tanto como la de su secuestrador. Su pelo era moreno y sus ojos parecían ser tan negros como la noche. Pero lo que provocó un escalofrío en Tyra fue su rostro tremendamente aterrador: una cicatriz cruzaba toda su cara desde su ojo izquierdo a la mejilla derecha, proporcionándole una expresión aterradora. Y la seriedad con la que la miraba no ayudaba en absoluto a que Tyra se sintiera algo segura frente a él.

El recién llegado miró a la joven con auténtico odio en sus ojos antes de dirigirle la mirada a Ewan.

—¿Has tenido problemas? —Su tono de voz era hosco y parecía

tener cierto acento escocés.

Su secuestrador llevó el caballo hasta tan solo un metro del otro hombre, por lo que Tyra pudo ver su rostro de cerca, pero tras sentir un intenso escalofrío, la joven desvió la mirada hacia otro lado e intentó escuchar toda la conversación entre ambos.

—Ha sido muy fácil. El dueño no estaba y todos los sirvientes ya se habían retirado a dormir.

—¿Y ella? ¿Crees que es buena idea?

—Ya te he dicho que sí. Es la mejor opción que he encontrado después de todos estos años.

—De acuerdo. Tú mandas. —El hombre miró de un lado a otro—. Es mejor que nos vayamos ya, Ewan. No sabemos cuándo darán la voz de alarma.

Así que ese es su nombre..., pensó Tyra. Ewan... Buscó entre todos sus recuerdos para intentar descubrir la identidad del hombre, pero nunca había conocido a una persona con ese nombre ni había escuchado hablar de él a Malcolm, pero se prometió descubrir qué los había llevado a odiarse tanto.

Segundos después, Ewan espoleó al caballo para seguir su camino mientras el otro hombre giraba sobre sí para seguir a su amigo y vigilar que todo estuviera en orden durante todo el camino, haciendo que las esperanzas de Tyra por escapar en algún descuido desaparecieran por completo.

Tras haber recorrido gran parte de las tierras de su padre y justo antes de cruzar la frontera, los primeros rayos de luz comenzaron a iluminar el horizonte. A pesar de la llegada de un nuevo día, Tyra sentía que sus párpados se cerraban a cada pocos pasos y estaba a punto de quedarse dormida a lomos de ese imponente caballo negro sobre el que habían cabalgado a lo largo de toda la noche. Pero no deseaba dormir. Necesitaba mantenerse despierta para recordar el camino y así intentar recorrerlo de nuevo hacia su casa cuando tuviera una sola oportunidad para escapar.

Su espalda seguía chocando contra el musculoso y caliente pecho de Ewan. La verdad es que el alba estaba siendo tan frío que cuando el calor de su secuestrador la envolvía se sentía a gusto y resguardada de las inclemencias del tiempo. Pero cuando la joven era consciente de esos pensamientos, abría los ojos desmesuradamente y enderezaba la espalda para evitar tocarlo, aunque el caballo la volvía a empujar contra él una y otra vez.

La mano de Ewan se había mantenido en la misma posición durante toda la noche. Seguía fija en su cintura para evitar que Tyra se cayera del caballo y la joven había tenido la sensación de que a veces movía el dedo pulgar contra ella, como si quisiera acariciarla y calmar su miedo. Sin embargo, cuando Tyra creía que estaba siendo acariciada, intentaba apartar la mano del joven, aunque como las suyas estaban atadas, no conseguía el objetivo deseado.

Justo en la frontera de las tierras de su padre, Tyra fue consciente de dónde se encontraba. Un cartel de madera indicaba que allí acababan las tierras del barón de Nottingham, por lo que la joven se dio cuenta de que a partir de ese momento estaba fuera de sus tierras y de la protección que le daba el título nobiliario de su padre.

Tyra miró a su alrededor y descubrió que el bosque por el que habían cabalgado durante la noche acababa en ese momento, dejando paso a un prado verde a través del cual podía ver varias millas a la redonda. La joven se regocijó con esas maravillosas vistas. A pesar de su situación delicada, Tyra no podía dejar de mirar de un lado a otro para empaparse bien del camino y de todo lo nuevo que sus ojos veían por primera y puede que por última vez.

Sin embargo, la figura del amigo de Ewan se interpuso entre ella y el prado para mirarla de arriba abajo.

—Será mejor que descansemos un momento —dijo el joven tras comprobar que Tyra estaba a punto de desfallecer a lomos del caballo.

La joven agradeció mentalmente ese pequeño descanso, ya no solo por el sueño que comenzaba a tomar posesión de su cuerpo, sino por los dolores y calambres que sentía en las piernas después de cabalgar toda la noche. Estaba acostumbrada a cabalgar un rato, pero jamás había estado sentaba sobre el caballo durante tantas horas.

Tyra vio como el malencarado amigo de Ewan se alejaba de ellos unos metros para sacar de las alforjas algo de comida mientras su secuestrador se bajaba del caballo. La joven esperó pacientemente a que se dignara a ayudarla, un gesto que tardó un par de minutos. Y cuando Tyra sintió la presencia del hombre justo a su derecha, giró la cabeza en su dirección, quedándose completamente petrificada ante su presencia.

La noche anterior no había sido consciente de su vestimenta debido a la oscuridad reinante a su alrededor, pero ahora que lo veía a plena luz del día, la joven no pudo sino sorprenderse. El día anterior lo había visto con ropas algo elegantes, pero realmente viejas, mientras que ahora sus ropajes eran dignos de poco menos que un duque. La elegancia en sus movimientos le indicó que, efectivamente, no era un secuestrador cualquiera, y que tal vez no había sido educado como un maleante, sino todo lo contrario. Y su rostro perfilado y blanquecino parecía haber salido de un palacio y no de las calles más mugrosas de Londres.

Cuando Ewan estiró los brazos para cogerla de la cintura y ayudarla a bajar, Tyra se dejó caer a sus brazos y aquella proximidad entre ellos la hizo sonrojarse intensamente, por lo que desvió la mirada hacia el caballo. La joven pudo oler el perfume del hombre, confirmándole que no se trataba de un pobre, sino de alguien que tenía dinero como para gastar una pequeña fortuna en un perfume como aquel.

—Vamos —la orden dada por Ewan la sobresaltó y la joven se giró de nuevo hacia él.

Este le señalaba el pequeño festín que había preparado su amigo, provocando que su estómago rugiera de hambre y sus piernas comenzaran a flaquear debido al cansancio. Sin pensárselo, Tyra fue directa hacia la comida y se sentó lo más lejos posible de aquel hombre que la miraba con el ceño fruncido todo el rato. Y casi suspiró de alivio cuando Ewan se sentó entre ambos y fue el primero en alargar una mano para tomar un trozo de queso y otro de pan.

Cuando lo vio abrir la boca y llevarse el trozo de queso a la boca, Tyra no pudo sino carraspear para llamar su atención. Cuando Ewan levantó la vista, esbozó una sonrisa falsa y alargó una mano para llevarla a la mordaza de la joven.

—Os la quitaré si me prometéis no gritar —le advirtió sin quitar la sonrisa de sus labios.

Tyra asintió y dejó que los ágiles dedos de Ewan fueran hacia su mejilla para quitar el trozo de tela de su boca. Cuando la joven sintió contra ella las manos calientes de su secuestrador, un escalofrío le recorrió el cuerpo, provocando que se apartara de él como si fuera un fuego que le quemara la piel.

En ese momento, se dio cuenta de que el joven también hizo lo mismo. Su mano se retiró de ella con presteza mientras la miraba con el ceño fruncido y volvía a su asiento. La sonrisa se había borrado de golpe de su rostro y ahora mostraba una expresión muy diferente a la anterior.

—¿Por qué me habéis secuestrado? —preguntó con la voz ronca debido a la sequedad de su garganta.

Ewan dejó a un lado el trozo de queso y levantó la mirada de nuevo hacia ella. Su expresión había dejado la extrañeza a un lado y había dado paso a la serenidad. La miraba con tanta intensidad que la joven estuvo a punto de desviar de nuevo los ojos. Aquel hombre tenía el don de ponerla nerviosa como ninguna otra persona la había puesto jamás en toda su vida. Sin embargo, se obligó a sí misma a mantener su mirada recta y no desviarla ni un solo segundo.

—Ya os lo dije anoche en vuestra casa. Me ayudaréis a acabar con vuestro querido Malcolm.

—¿Y puedo saber qué os ha hecho para mostrarle tanto odio a una persona tan amable como él?

Las risas de ambos pudieron escucharse en el claro donde se encontraban, provocando que el enfado de Tyra fuera en aumento.

Finalmente, con la sonrisa aún en los labios, Ewan la miró y le dijo:

—Digamos que vuestro querido Malcolm me despojó de lo que era mío para quedárselo él. Juré vengarme y, cuando ayer os cruzasteis en mi camino, me proporcionasteis la excusa perfecta.

—No pienso ayudaros en nada —dijo la joven con énfasis.

Ewan se encogió de hombros.

—Lo haréis en contra de vuestra voluntad.

—Sois un ser mezquino.

—Dadle las gracias a vuestro prometido —respondió Ewan secamente.

Tyra apretó la mandíbula y miró hacia sus piernas. Después, tras varios segundos metida en sus pensamientos, la joven exclamó:

—Quitadme las cuerdas.

—No —fue la escueta respuesta de Ewan.

—Espero que cuando Malcolm dé con vos, os mate lentamente y os saque las entrañas para dárselas de comer a los cuervos.

Ewan la miró de repente con una expresión de sorpresa en el rostro. Tenía una ceja levantada y parecía que una sonrisa quería asomar entre sus labios. No obstante, cuando su amigo escuchó sus palabras, dejó a un lado la comida y se levantó de golpe al tiempo que llevaba su mano a la culata de la pistola.

Tyra se echó hacia atrás como pudo al ver su enorme figura de pie ante ella con una expresión de auténtico odio, pero la mano rápida de Ewan fue directa a la de su amigo y lo miró con tranquilidad.

—James, déjalo.

Después, tras varios segundos de incertidumbre, el aludido volvió a sentarse y a retomar su comida, pero sin dejar de mirar fijamente a Tyra.

Ewan se acomodó sobre la hierba y la miró dando un suspiro.

—Muchacha, si queréis vivir, no tentéis a la suerte con mi amigo. Es muy protector y aprieta el gatillo fácilmente —le advirtió—. En cuanto a vuestro prometido, mi intención es que caiga como me hizo caer a mí y me devuelvan todo lo que me quitaron por su culpa.

—No me creo vuestra historia —lo interrumpió para defenderlo—. Él no haría nada malo a nadie.

—Muchacha, Malcolm Spears es un ser despreciable, traidor e interesado que seguramente pretende casarse con voz por vuestro dinero, título y tierras, no por amor.

Tyra negó con la cabeza y bajó la mirada. Aquellas palabras le hicieron daño y se instalaron en su pecho como un cuchillo que había sido clavado en lo más hondo de su ser, pero no solo por la maldad con las que fueron escupidas, sino porque una parte de ella dudaba de Malcolm después de la cena del día anterior.

—¿Acaso vuestro prometido se ha portado con vos siempre de la misma manera? ¿Nunca ha tenido un cambio repentino en su actitud que os haya hecho sospechar?

Aquellas preguntas parecían haber leído sus pensamientos, por lo que Tyra tragó saliva con incomodidad y desvió la mirada, confirmándole a Ewan que, efectivamente, Malcolm parecía estar haciendo una representación.

Tyra escuchó el suspiro de Ewan a su lado y después su voz volvió a llegar a sus oídos.

—¿Cómo os llamáis, muchacha?

La aludida levantó la mirada, sorprendida por aquella pregunta, pero cuando vio en el rostro de su secuestrador auténtico interés por su respuesta, no lo dudó ni un segundo.

—Mi nombre es Tyra Stone.

Ewan asintió y esbozó una pequeña sonrisa de lado.

—Si no os importa, me gustaría llamaros por vuestro nombre y tutearos. El secuestro es un acto informal, así que creo que podemos llamarnos por nuestros nombres en lugar de tener tantos formalismos. ¿Estás de acuerdo, Tyra?

La joven estuvo a punto de lanzar un suspiro de sorpresa cuando escuchó su nombre en los labios de ese hombre. Durante un momento pensó que lo había pronunciado una especie de ángel, pero no, era su secuestrador. Finalmente, Tyra asintió.

—¿Cómo os llamáis vos?

El joven amplió su sonrisa y Tyra se fijó en que sus rasgos se dulcificaron tanto que lo vio realmente hermoso.

—Ewan Smith y mi amigo es James MacGregor.

—¿Sois escocés? —le preguntó por su apellido y su acento.

—Sí, ¿algún problema? —preguntó secamente con el rostro contraído por la rabia.

Tyra negó en silencio y bajó la mirada hacia la comida. En ese momento, su estómago rugió por el hambre, lo cual provocó que sus mejillas se tiñeran de un intenso color rojo.

—Si tienes hambre, hay comida de sobra —le dijo Ewan ya más serio.

—Sí, pero no puedo comer con las manos atadas.

Ewan la miró fijamente durante unos segundos que le parecieron eternos hasta que se levantó y cogió una de las dagas que colgaban de su cintura. Tyra dudó unos instantes sobre las intenciones del joven, pero cuando vio que se dirigía hacia su espalda, respiró aliviada. Al cabo de unos instantes, la joven podía disfrutar de la libertad de tener las manos desatadas.

Tyra frunció el ceño cuando vio que sus muñecas estaban rojizas por la aspereza de las cuerdas e incluso podía sentir un ligero escozor en las mismas al tiempo que las frotaba para volver a sentirlas de nuevo, ya que estaban dormidas.

—Buen provecho —le dijo Ewan.

A pesar de la amabilidad que mostraba de repente su secuestrador, Tyra sintió cierta desconfianza por ello. Sin embargo, alargó una mano para tomar un trozo de queso y comerlo. La joven sentía que estaba a punto de caérsele la baba solo de pensar en llevarse algo a la boca, pero cuando uno de esos trozos llegó a sus manos, los rostros de ambos hombres cambiaron de repente, asustándola.

Tyra los observó detenidamente al tiempo que soltó la comida. Se dio cuenta de que ambos estaban mirando algo en la lejanía a la espalda de la joven, por lo que ella aún no había visto lo que se aproximaba a ellos con rapidez.

Tyra giró la cabeza y entornó los ojos para divisar el pequeño batallón de soldados que se aproximaba a ellos cabalgando con celeridad a solo un centenar de metros desde donde ellos se encontraban. Y entonces se volvió a mirar a Ewan y James, que tenían el rostro lívido por la sorpresa y el temor de haber sido descubiertos antes de llegar a un lugar seguro para ellos desde donde poder llevar a cabo su venganza.

Sin poder evitarlo, Tyra esbozó una sonrisa triunfal, rompiendo así la buena energía que se había instaurado entre ellos hacía solo unos segundos.

—Mi padre ha venido a por vuestra cabeza...

Ewan la miró fijamente con la rabia dibujada en sus ojos hasta que se levantó y sacó disimuladamente la pistola del cinto. Tyra abrió desmesuradamente los ojos y abrió la boca para gritar y pedir ayuda, pero cuando vio que Ewan se sentaba a su lado y la apuntaba con la pistola en el vientre, la joven decidió callar. Su corazón latía con fuerza y un nudo fuerte se instaló en su garganta, impidiéndole respirar con normalidad. Cuando los soldados se encontraban a solo una veintena de metros, James le lanzó un par de mantas a Ewan.

—Esconde la pistola bajo ella y tapa su ropa. Si ven que va vestida con una bata, sospecharán —le advirtió.

El joven asintió y tapó las piernas de Tyra con ella, subiendo la manta ligeramente hasta la cintura para así ocultar el arma, cuyo cañón se clavaba con saña en el vientre de la joven. Con la otra manta cubrió la espalda de Tyra sin apenas dejar un hueco libre a través del cual poder ver la ropa de la joven.

—Si intentáis llamar la atención o decir algo que no debéis a estos soldados, vuestras entrañas regarán la hierba sobre la que estáis sentada, mi lady —le advirtió con seriedad al tiempo que apretaba con más fuerza la pistola.

Tyra asintió levemente y bajó la mirada hacia el suelo, no sin antes descubrir que James también había cogido su pistola y la disimulaba entre sus piernas, dispuesto a disparar a esos soldados si hacía falta.

En ese momento, la mano libre de Ewan se puso a la espalda de la joven, pero sin llegar a tocarla, al tiempo que se inclinaba, demasiado para su gusto, hacia ella como lo haría cualquier marido o amante con su esposa. La proximidad del joven hacia ella, provocó más nerviosismo en Tyra que el hecho de que una pistola cargada estuviera apoyada contra su vientre. El aroma de su secuestrador volvió a envolverla, haciéndole recordar cualquier fiesta de postín en la que los hombres usaban ese tipo de perfumes caros. Además, Tyra podía sentir contra la piel de su cuello el aliento nervioso de Ewan. De reojo descubrió que estaba demasiado cerca de ella e intentó apartarse, pero cuando la pistola volvió a apretarse contra su vientre, cesó en un intento por alejarse de él.

Al cabo de unos segundos, los primeros caballos llegaron a su altura, provocando que el corazón de Tyra saltara de alegría al pensar que iba a ser liberada de ese secuestro. De reojo descubrió que un par de soldados desmontaban de sus caballos al tiempo que un beso en la base de su cuello la sobresaltó, obligándola a volver la mirada hacia Ewan, que le guiñó un ojo mientras esbozaba una sonrisa socarrona y pícara.

Tyra frunció el ceño sin entender con exactitud lo que pretendía con aquel jueguecito, pero cuando escuchó la voz de uno de los soldados, la joven desvió la mirada hacia ellos, aunque la bajó enseguida por miedo a que Ewan disparara contra ella.

—Buenos días, señores, mi lady. —La voz del soldado parecía realmente sorprendida por descubrirlos allí.

Tyra asintió con respeto y apretó los puños con fuerza.

—Buenos días, soldados —respondió Ewan con cierto deje de alegría en la voz—. Me alegro de verlos por aquí. ¿Les gustaría tomar algo? Nuestra comida es algo humilde, pero pueden probarla si lo desean.

El soldado sonrió, agradecido por el gesto, pero negó con la cabeza.

—Me encantaría, pero debemos marchar hacia la casa del barón de Nottingham y me temo que nos hemos perdido.

Cuando Tyra escuchó el título nobiliario de su padre, estuvo a punto de levantarse de su asiento y gritar que ella era su hija y que había sido secuestrada, pero un carraspeo de Ewan para disimular el momento en el que amartillaba el arma con intención de dispararle le hizo cerrar los ojos y apretar con fuerza la mandíbula. Se sentía frustrada y enfadada.

—¿Sabrían indicarnos cómo llegar?

—Lo siento, señor —se apresuró a contestar Ewan—. No conozco estas tierras y no sé dónde vive el barón. Tal vez puedan preguntar en alguna aldea o casa cercana a este lugar.

—Claro, muchas gracias de todas formas, señores.

Tyra vio cómo el soldado daba un paso hacia atrás con intención de marcharse, pero sus botas se volvieron de nuevo hacia ellos.

—No me gusta meterme donde no me llaman, pero me gustaría preguntarles si se encuentran bien.

—Por supuesto, señor —respondió Ewan con una pequeña carcajada—. Mi esposa, mi primo y yo venimos de visitar a unos parientes y la noche se nos echó encima, por lo que hemos tenido que dormir en el bosque, pero nos marcharemos enseguida.

Cuando Tyra escuchó que la trataba como una esposa, levantó la mirada, sorprendida y lo observó con odio. Sin embargo, Ewan no le devolvió la mirada, sino que la mantenía fija sobre los soldados con una sonrisa en los labios.

—¿Os encontráis bien, señora?

La voz del soldado ahora la reclamaba a ella. Nerviosa y asustada, carraspeó al tiempo que un temblor casi incontrolable se apoderaba de todo su ser. En ese instante, descubrió que James estaba comenzando a ponerse nervioso y llevaba la mano hacia la culata de la pistola con intención de cogerla y disparar contra los soldados. No obstante, temerosa de que aquellos pobres desgraciados murieran por su culpa, la joven levantó la mirada al soldado y esbozó una sonrisa falsa.

—Lo estaré cuando mis huesos descansen en un buen colchón, señor —dijo con voz temblorosa, aunque sin un ápice de duda—. El frío de la noche se me ha metido en la cabeza y tengo una jaqueca terrible.

El soldado esbozó una sonrisa.

—Entonces os deseo que os mejoréis, mi lady. Lo lamento, pero debemos irnos ya.

Ewan asintió.

—Espero que encontréis vuestro camino —les deseó.

—Gracias —respondió el soldado ya a lomos del caballo.

Después, a una señal suya, el resto de sus hombres lo siguió a través del bosque, desapareciendo en la lejanía y llevándose con ellos los fuertes deseos de Tyra de ser encontrada por su padre cuanto antes.

Cuando por fin estuvieron solos, Ewan suspiró y retiró del vientre de Tyra la pistola, volviéndola a guardar en el cinto. Gesto que imitó James mientras se levantaba y comenzaba a guardar la comida y a recoger todos sus bártulos.

Ewan se separó ligeramente de Tyra y la miró a los ojos.

—Mientes muy bien, Tyra —dijo para sorpresa de la joven, que no podía creer la facilidad con la que la tuteaba y dejaba de hacerlo—. ¿Quién es el responsable de ello, Malcolm?

—Vete al infierno —escupió Tyra lanzando fuego por los ojos al tiempo que se levantaba y sacudía su bata.

Ewan la imitó y se puso en pie para después agarrarla del brazo y acercarla a él, tanto que la joven volvió a oler ese perfume tan envolvente.

—Espero que no intentes ninguna tontería, muchacha. Si sigues haciendo lo que yo ordene, seguirás intacta.

Aquellas últimas palabras guardaban un doble sentido que Tyra entendió al instante, por lo que frunciendo el ceño se soltó con rabia y lo encaró.

—No te atrevas a tocarme un pelo, malnacido.

—No me tientes...

Y a una señal de su mano, Tyra fue a regañadientes hacia el caballo, que ya los esperaba pacientemente tras cargar con las mantas que James había guardado en las alforjas.

CAPÍTULO 5

Las doncellas de la casa de Tyra llevaban más de una hora en pie desde que amaneciera. Habían recorrido algunas de las habitaciones para limpiar lo que los invitados de la noche anterior habían usado y aún no habían querido ir al piso superior para no molestar a John y a Tyra, pues estaban seguras de que estarían agotados después de la fiesta. Sin embargo, cuando vieron aparecer al señor de la casa por las escaleras preguntando por Tyra, la doncella que solía atenderla, Wendy, se adelantó al resto y le comunicó que aún no se había levantado.

—Hace tiempo que ha amanecido. Ya es hora de que se levante —dijo con seriedad a la doncella, que temblaba de miedo—. Id a avisarla y decidle que quiero hablar con ella.

Wendy asintió y lo rodeó para dirigirse a las escaleras.

Por su parte, John tomó el camino hacia la biblioteca para esperar a Tyra. Aquella era una habitación a la que le tenía el paso vetado a los sirvientes, pues era una estancia demasiado importante para él, ya que le recordaba las horas muertas que su difunta esposa pasaba en ella desde que se había quedado embarazada y por riesgo de aborto le habían prohibido demasiados movimientos. Por ello, solo permitía el paso a la doncella más veterana de la casa, la única que conocía su obsesión por que esa habitación estuviera tal cual se había quedado cuando su esposa murió. Por eso, cuando John abrió la puerta y vio el revuelo que había en la biblioteca, se quedó parado en el sitio, como si se hubiera quedado petrificado.

Miraba de un lado a otro intentando averiguar qué demonios había ocurrido en esa habitación como para que de un día para otro estuviera todo al revuelo. Pensó que tal vez alguno de los invitados a la cena había estado allí buscando algo, pero enseguida desechó ese pensamiento al recordar que antes de marcharse después de la fiesta había entrado a esa habitación y estaba todo recogido.

Con el ceño fruncido, John entró y cerró tras él. Descubrió que los cajones de la mesa estaban abiertos y su contenido esparcido por ella. Varios libros estaban caídos en el suelo y algunos papeles importantes también regaban el frío suelo de la estancia. Una ira creciente aumentaba en su pecho y durante unos segundos pensó que tal vez Tyra era la responsable de ese desastre al intentar buscar algo. Sin embargo, algo dentro de él le dijo que no era así, pues enseguida reparó en que la única ventana de la biblioteca estaba abierta hasta arriba y entraba por ella una brisa fresca que movía los papeles ya revueltos de la mesa.

—¿Qué demonios ha pasado? —se preguntó al tiempo que apretaba los puños con rabia.

Unos tímidos nudillos llamaron con miedo a la puerta. Al instante, John se giró esperando que fuera Tyra la que estuviera tras ella para darle una explicación de ese desastre. No obstante, cuando invitó a entrar a la persona que había llamado y vio el rostro acongojado de la sirvienta que se había ofrecido a llamar a su hija, descubrió que algo no iba bien.

—Señor... —tartamudeó—. Su hija...

—¿Qué pasa? —La doncella se encogió—. ¡Habla!

Wendy levantó la mirada y no pudo evitar dirigir sus ojos hacia el revuelo de la habitación.

—Su hija no está en su habitación. Todos sus vestidos están ahí y no veo por ninguna parte el camisón y la bata. No sé dónde puede estar, señor.

Cuando Wendy vio que John apretaba los puños con fuerza y lanzaba una maldición en voz alta, se encogió y dio un paso hacia atrás.

—Buscadla por toda la casa y los establos. Y si no hay rastro de ella, avisadme. Puede que la hayan secuestrado.

Wendy levantó la cabeza de golpe.

—¿Secuestrado?

—Sí, ¡vamos!

La doncella reaccionó enseguida y se marchó de allí corriendo para avisar al resto de sirvientes. A partir de ese momento, la casa se convirtió en un hervidero de personas que abrían y cerraban todas y cada una de las puertas de la casa para comprobar todas las habitaciones, pero no obtuvieron el éxito que deseaban. A medida que fueron terminando con sus comprobaciones, llegaron uno por uno a la biblioteca y cada vez que negaban con la cabeza, John soltaba una maldición.

—Todo el mundo sabe que se ha comprometido con Malcolm Spears. Puede que intenten pedir un rescate por ella —dijo para sí mientras intentaba ordenar los papeles de la mesa de la biblioteca.

La última en llegar a la estancia fue Wendy, que, conociendo las otras salidas de Tyra a escondidas de su padre, había decidido ser ella quien fuera a mirar en los establos. Sin embargo, cuando los ojos de John se dirigieron a ella, la joven tragó saliva, temerosa de ser el blanco de su ira.

—El caballo de la señorita está en su cuadra y el mozo me ha dicho que no la ha visto desde ayer —dijo tartamudeando.

—¡Maldita sea! —vociferó John mientras se movía por la habitación como un león enjaulado.

El padre de Tyra se llevó las manos a la cabeza para intentar pensar en alguien que pudiera ser enemigo suyo o de Malcolm, pero no podía pensar en nadie. Su cabeza recordó todos y cada uno de los rostros que fueron el día anterior a la cena y tenía la certeza de que ninguno estaba en su contra.

—¿Habéis visto algún movimiento extraño dentro de la casa después de la fiesta?

Todos los sirvientes negaron con la cabeza al unísono.

—¿Cuál de vosotros es el que se encarga de comprobar el estado de las ventanas antes de irse a dormir?

En ese momento, un silencio sepulcral se hizo en la estancia. Todos se miraban los unos a los otros con cierta expresión de miedo hasta que uno de ellos se adelantó con paso dudoso.

—Soy yo, señor —respondió con la cabeza gacha.

John se acercó a él lentamente sin dejar de mirarlo fijamente. El hombre aparentaba unos cincuenta años y estaba tan delgado que parecía no haber comido nada en días.

—¿Entraste a esta habitación?

El hombre asintió y levantó la mirada.

—Sí, señor, pero estaba como siempre. Me fui enseguida porque sé que no deja que entremos aquí sin su permiso. Todo estaba en orden.

John asintió y les indicó con una mano que salieran de la biblioteca para dejarlo solo. Necesitaba pensar con claridad para encontrar la manera de seguir algún rastro que hubieran dejado las personas que se habían llevado a su hija. Maldijo de nuevo en voz baja y pensó en Tyra. Siempre la había culpado de la muerte de su madre, y aunque no la trataba como le habría gustado si las condiciones fueran diferentes, una parte de él la quería y no deseaba que le ocurriera nada malo. No obstante, a pesar de eso, la parte que siempre culpaba a Tyra pensaba que tal vez se había ido ella por su propia voluntad para huir de él y de su matrimonio con Malcolm. La noche anterior le vio el gesto serio a pesar de la alegría que había visto en su rostro por la fiesta. Pensó que tal vez podía haberse arrepentido del compromiso y había huido con lo puesto.

Paseando de un lado a otro del despacho, John llegó a la conclusión de que, fuera como fuera, iba a encontrarla. Para esa misma mañana esperaba a un pequeño batallón de hombres del ejército que había mandado llamar para cercar la seguridad en sus tierras, por lo que deseó que llegaran cuanto antes para ponerlos al día y elaborar un plan de búsqueda.

Tras más de dos horas recogiendo los papeles y libros de la biblioteca, John se había sentado en la silla de la misma para comprobar que todo estuviera en el mismo sitio en el que había estado antes del secuestro. A medida que pasaban los minutos, su desesperación y enfado crecían por momentos. Sus hombres ya debían estar allí desde hacía una hora, por lo que supuso que habían sufrido algún retraso por un motivo importante.

Mientras esperaba, decidió avisar a Malcolm sobre la desaparición. Sabía que estaría cerca de allí, pues estaba destinado a solo unas millas de su casa y podría ir cuanto antes. Por lo que tomó un papel y una pluma y pensó unos minutos la mejor manera de comunicarle que su prometida había sido secuestrada.

Estimado señor Spears,

Lamento decirle algo así a través de una carta. Me habría gustado ir personalmente a decírselo, pero debo actuar cuanto antes por el bien de Tyra. Mi hija ha sido secuestrada esta madrugada después de mi marcha tras la fiesta. Alguien entró por la ventana de la biblioteca y se la ha llevado sin miramientos. Reclamo su presencia en mi casa cuanto antes para organizar una búsqueda por los alrededores.

Por favor, no se retrase.

John Stone.

Tras leerla un par de veces, el barón de Nottingham cerró la carta y estampó el sello con su escudo en ella. Después le dio la carta al primer sirviente que pasó por delante de la biblioteca y le ordenó llevarla cuanto antes al cuartel donde estaba destinado Malcolm y que pidió que no regresara sin su presencia. Después volvió a la biblioteca y se sentó en la silla a pensar una solución. Si el secuestrador era un hombre, el honor de su hija quedaría manchado de por vida y puede que Malcolm ya no quisiera casarse con ella. La preocupación se veía en su rostro y solo deseaba y rezaba por encontrarla cuanto antes.

Cuando el nerviosismo estaba carcomiéndolo, llamaron a la puerta de la biblioteca, rompiendo el silencio en el que se había sumido desde que había terminado de recoger.

—Señor, han llegado los hombres que esperaba —dijo una de las doncellas.

—¡Por fin! —exclamó enfadado.

John se levantó de la silla y se dirigió hacia la puerta de entrada, donde lo esperaba el líder del grupo de más de cincuenta hombres que había hecho llamar el día anterior.

—Señor Stone, lamento el retraso, pero nos dieron mal las indicaciones y nos hemos perdido.

El soldado se veía realmente apenado por la demora, por lo que John solo pudo asentir.

—Espero que no vuelva a suceder, sargento.

—No lo dude, señor.

—Quiero reunirme con todos tus hombres para comunicaros

algo importante.

—De acuerdo, están en las cuadras. Si lo desea podemos esperar a que terminen de desensillar a los caballos.

John negó con la cabeza con rapidez.

—¡Que no lo hagan! Debemos partir enseguida.

Se dirigió hacia las caballerizas para detener a los soldados y comunicarles el secuestro lo antes posible.

—¿Ocurre algo grave, señor?

—Mi hija ha sido secuestrada.

—¿Vuestra hija? ¿Cuándo?

—Después de la cena de anoche. Alguien entró por la biblioteca y se la ha llevado. He mirado todo y he comprobado que no falta nada, por lo que no buscaban dinero, solo a mi hija.

—¿Tal vez alguien de la fiesta? —preguntó el soldado intentando averiguar algo más.

—No lo creo. Todos los que vinieron son íntimos amigos, por lo que ninguno haría algo así contra mí. He pensado que tal vez por Malcolm, pero no lo tengo claro. Esperaremos su llegada. Calculo que para mediodía estará aquí y por la tarde podremos salir a buscar a Tyra.

Al cabo de unos segundos ambos hombres llegaron a las cuadras, donde todos los soldados se giraron sorprendidos por la presencia del dueño de la casa. En ese instante, todos dejaron sus quehaceres y esperaron las órdenes de su capitán.

—Señores, hoy es un día aciago para mí. Mi única hija ha sido secuestrada. Aún no sabemos por quién ni qué desean de ella, pero debemos encontrarla cuanto antes.

Un revuelo se levantó entre los soldados, pero a una señal del sargento, todos callaron y escucharon.

—Esperaremos al prometido de mi hija, Malcolm Spears hasta el mediodía. A partir de entonces partiremos.

—Señor Stone, si nos da una descripción de su hija, nos resultará más fácil encontrarla porque nos separaremos en dos grupos. Así peinaremos más tierra.

John asintió y les dio una descripción detallada de Tyra sin perder ni un solo detalle de la joven ni de su anatomía hasta que en un momento dado, vio que el sargento fruncía el deño y desviaba la mirada hacia el suelo.

—¿Ocurre algo? —le preguntó John.

—No estoy seguro, señor. Al amanecer andábamos perdidos y vimos en la frontera de sus tierras a dos hombres y una mujer. Pensé que tal vez podrían indicarnos el camino hacia su casa, pero nos dijeron que no lo conocían. Aún así me sorprendió que no lo conocieran a pesar de estar aún en sus tierras.

—¿Qué tiene que ver eso con mi hija?

—La mujer que iba con ellos se veía nerviosa y algo asustada. Uno de ellos me dijo que era su esposa, pero ahora creo que no era así. La muchacha que estaba con ellos era exactamente igual a la descripción que nos ha hecho de su hija. Puede que fuera ella y estuviera coaccionada o amenazada para que no hablara ante nosotros.

—¿Hacia dónde se dirigían?

—Hacia el noreste.

John frunció el ceño.

—¿Hacia el ducado de Norfolk? Creo recordar que Malcolm me dijo que lo había heredado...

—Puede que él nos dé la clave, señor. Debemos esperarlo.

John asintió y rezó para que acudiera a su llamada cuanto antes. Pensaba que había algo que Malcolm aún no le había contado, por lo que ahora sí estaba seguro de que el secuestro de Tyra era culpa de su prometido.

Alrededor de mediodía, tres caballos a galope se aproximaban a la casa de Tyra. En uno de ellos montaba el sirviente al que le habían encomendado la misión mientras que en los otros viajaban Malcolm y su hombre de confianza. Ambos soldados desmontaron del caballo antes de llegar a las cuadras y corrieron hacia la puerta de entrada a la casa. En el rostro de Malcolm podía leerse la preocupación por lo que el sirviente le había contado antes de salir del cuartel. Por ello, corrió hacia el despacho del que iba a ser su suegro, además de ser su superior, y llamó con insistencia hasta que escuchó tras la puerta la contestación de John.

—Señor Stone, ¿es cierto lo que me ha contado vuestro sirviente? —habló atropelladamente y sin esperar a Doyle, su mano derecha.

—Me temo que sí. La biblioteca estaba desordenada y la ventana abierta. Y después de buscar a Tyra por toda la casa hemos llegado a la conclusión de que alguien entró mientras yo estaba fuera. Mi hija tal vez lo descubrió y por eso se la han llevado, pero no estoy seguro de si ha sido casualidad o tal vez premeditado.

—Pero si ha sido premeditado, ¿quién ha podido hacerlo? —El nerviosismo era tal en Malcolm que caminaba de un lado a otro mientras intentaba recuperarse de la cabalgada.

—He estado haciendo recuento de todas las personas que conozco y a pesar de trabajar en el ejército, no tengo enemigos. Pero ¿y vos?

Malcolm giró la cabeza en su dirección con tanta rapidez que hasta él mismo se sorprendió de su gesto. En su rostro podía leerse la precaución ante esa pregunta, pero también una sorpresa fingida que no logró convencer a John.

—Hasta ahora había dejado pasar el hecho de que vuestro ascenso en la escala del ejército ha sido demasiado rápido, suponiendo que hayáis hecho los méritos necesarios para lograrlo.

—¿Dudáis de mis acciones? Llevo muchos años en el ejército.

—No dudo de vuestra valentía. Si lo hubiera hecho, no habría dejado que os casarais con mi hija. Pero ¿cómo es posible que hayáis ascendido tan rápido sin apenas haber salido del cuartel? Los méritos se ganan luchando, Spears.

—Le aseguro que me lo he ganado, señor Stone —respondió siseando—. ¿Me habéis mandado llamar para insultarme o para buscar a mi prometida?

—Para buscarla, pero antes hay que indagar en vuestros posibles enemigos. Si no habéis hecho amigos en el ejército, tal vez alguien quiera vengarse mediante mi hija.

Malcolm le dio la espalda a John y se paseó con la mirada perdida mientras repasaba una y otra vez su lista de enemigos. La verdad es que era demasiado amplia y no podía concretar alguno. Su futuro suegro tenía razón, y por eso se había molestado tanto. No había jugado limpio a lo largo de sus años en el ejército, pero ningún compañero había tenido las agallas suficientes como para querer vengarse. A no ser...

—Si os sirve de algo, uno de mis hombres cree haberlos visto en la frontera de mis tierras con el ducado de Norfolk. Esas tierras las heredasteis hace unos años, ¿verdad?

Aquellas palabras confirmaban lo que se temía, por lo que no pudo más que lanzar una maldición en voz alta y apretar los puños con fuerza. El joven soldado estuvo a punto de golpear la puerta o la pared con fuerza, pero al estar en la presencia de su futuro suegro, intentó contenerse, no sin esfuerzo.

—Maldito sea...

—¿Qué ocurre, Spears? ¿Recordáis a alguien?

Malcolm se giró hacia él y con seriedad asintió.

—El antiguo duque de Norfolk, Ewan Smith.

—¿Qué ocurrió con él?

—Era mi compañero en el ejército. Estábamos juntos en Londres hace unos años y confesé a nuestro superior que Ewan quería desertar —mintió mirándolo a los ojos—. En el juicio juró vengarse de mí porque lo despojaron de su puesto en el ejército y de casi todas sus tierras, excepto de su hogar familiar, que será a donde se dirigen.

—¿Por qué lo acusasteis? ¿Era cierta aquella historia?

Malcolm entrecerró los ojos y observó a John.

—Por supuesto que era cierta, señor. ¿Por qué iba a mentir a mis superiores?

—Bueno, heredasteis sus tierras y su título, además de su puesto en el ejército.

—Jamás habéis dudado de mí, señor. ¿Por qué lo hacéis ahora?

—La vida de mi hija está en juego. Debo conocer todo antes de partir a buscarla.

Malcolm estuvo a punto de echarle en cara que jamás se había preocupado tanto por ella, pero se tragó sus palabras e intentó mostrar una parte de él que realmente no existía, pues esa amabilidad era tan fingida que hasta incluso él se sorprendía de sí mismo y de la credulidad de aquel hombre que había confiando en él para ser el heredero de su título. Por ello, el soldado intentó mostrar calma y dedicación a la búsqueda de aquella muchacha que solo le acababa de buscar un gran problema a su escala en el ejército y a todos sus planes respecto a ella.

Dentro de él, Malcolm sentía una rabia tremenda al tener que dejar todo para buscarla, pero no era eso lo que más le preocupaba, sino que todo su juego sucio saliera a la luz y se viera en serios problemas para seguir en el ejército. Además, si no recuperaba pronto a la muchacha, su honor y su reputación se verían seriamente afectados y no podría casarse con ella, ya que temía que su antiguo amigo abusara de ella para hacerle daño e impedir que se casara con la joven.

Mientras seguía a John por los pasillos de la casa, Malcolm juraba una y otra vez vengarse de Ewan por aquella afrenta y por haber llegado en el momento menos adecuado. Lo mataría. Por Dios que lo mataría y después se quedaría con la única casa que le habían dejado para después destruirla y no dejar nada de su recuerdo en el mundo. Y después, si descubría que Tyra había sido desflorada por él, la joven tendría un final poco digno para alguien como ella.

CAPÍTULO 6

Después de haber pasado todo el día cabalgando, además de la noche anterior, Tyra sentía que los músculos de sus muslos iban a tener un desgarro de un momento a otro. Además, estaba tan sumamente cansada que a medida que avanzaban y el caballo trotaba suavemente, su cuerpo se mecía y provocaba que se le cerraran los ojos, aunque se obligaba a mantenerse despierta a pesar del cansancio.

Sus manos ya estaban libres. Desde que Ewan se las había desatado antes de la llegada de los soldados, el joven no había intentado volver a atárselas, por lo que tenía cierta libertad de movimientos con las manos.

Durante todo el día, sus secuestradores se habían mantenido tan callados que a veces pensaba que se habían quedado mudos, pero cuando los descubría lanzándose miradas y hablando con gestos, estos paraban para evitar que la joven descubriera sus planes.

No habían parado ni siquiera a mediodía para comer. Desde que al amanecer pararan en la frontera de las tierras de su padre hasta la caída de la tarde no habían dejado que comiera ni descansara unos minutos mientras estiraba las piernas. Sin embargo, Tyra no estaba dispuesta a quejarse ni lanzar alguna exclamación de dolor cuando sentía que sus piernas iban a desgarrarse. Ni tampoco quiso lamentarse por no haber comido apenas nada en todo el día. Y a pesar de que le habría gustado quejarse por la mano de Ewan que seguía en su cintura, Tyra lo dejó estar, sintiendo a cada momento la calidez y suavidad de su mano.

Por ello, después de todo el día cabalgando, la joven casi estuvo a punto de saltar de alegría cuando escuchó a Ewan hablando con James para informarle de que iban a parar a dormir en la taberna más cercana. La joven apenas escuchó el lugar al que se dirigían, sino que en su cabeza solo oía la palabra descanso. Por ello, cuando recorrieron alrededor de quinientos metros más y ante ellos se levantó una taberna de mala muerte en un lugar rodeado de pequeños cerros, los ojos de Tyra, que estaban a punto de cerrarse, se abrieron desmesuradamente por la impresión.

—No puede ser... —susurró sin poder creer que ese era el lugar donde habían pensado dormir.

La cabeza de la joven comenzó a negar, primero lentamente y después más rápido antes de girarse hacia Ewan, cuya mirada tenía cierta picaresca y diversión.

—No pienso dormir en un lugar así. En ese tipo de tabernas solo hay maleantes y mujeres de poca reputación —se quejó—. Si entro ahí, mi honor se verá afectado y puede que Malcolm no quiera volver a saber nada de mí.

Ewan levantó una ceja.

—¿Y? Si tu querido prometido no quiere casarse contigo, te aseguro que sería el mayor favor que podría hacerte.

James la miraba con seriedad y cierto deje de odio, pero se mantuvo al margen mientras Ewan hablaba, aunque estaba atento a todo lo que pudiera suceder a su alrededor, ya que a pesar de que la taberna era de difícil acceso, temía que los hubieran seguido los soldados.

—La hija de un barón no puede dormir en ese lugar. Antes prefiero pasar la noche a la intemperie que poner un solo pie en la taberna.

—No voy a pasar otra noche con las estrellas como único techo —contraatacó Ewan con voz calmada, aunque comenzando a enfadarse—. Dormirás en una habitación de la taberna porque no tienes elección, muchacha. Este es el único sitio donde los soldados de tu padre no te buscarán, así que no hay más que hablar.

Tyra apretó la mandíbula al ver que había perdido la batalla, pero no se dio por vencida.

—Ni hablar... —dijo más para sí que para el resto.

Antes de que Ewan pudiera detenerla, Tyra se bajó del caballo con rapidez, aprovechando la libertad de sus manos. Y después, sin mirar atrás, intentó huir corriendo hacia el lado contrario a la taberna, pero el cansancio acumulado hacía que sus movimientos fueran torpes y lentos, por lo que, segundos después, como si una enorme piedra la golpeara por detrás, Tyra se vio impulsada hacia el suelo, aunque cuando cerró los ojos esperando el impacto, este no llegó jamás, sino que sintió bajo ella algo blando que lanzó una maldición cuando el peso de la joven cayó sobre él.

Tyra abrió los ojos y descubrió que era Ewan quien la había empujado y se había ofrecido él a caer en su lugar, aunque sin dejar de sujetarla por la cintura. No obstante, una de las manos del joven bajó mientras forcejeaban y tocó su cadera, lo cual provocó que Tyra se sonrojara intensamente por lo que comenzó a moverse con más intensidad para escapar de sus manos.

—¡Ya está bien, muchacha! —gritó Ewan bajo ella intentando frenar sus golpes.

En ese momento, Tyra se vio levantada de golpe, liberando así de su peso a Ewan, y se vio alejada de él al instante, perdiéndolo de vista al momento. La joven sintió contra su garganta el filo de una daga mientras James tiraba de su pelo hacia atrás, obligándola a apoyar la cabeza en su hombro.

—Muchacha, no me obliguéis a haceros daño antes de tiempo —siseó contra su oreja—. Estoy harto de vos y tengo tantas ganas de hacer pagar a vuestro prometido lo que le hizo a Ewan que no veo el momento de rajaros el cuello y dejaros desangrándoos en medio de un bosque hasta que os coman las alimañas.

—James... —dijo Ewan suavemente para intentar frenar la ira de su amigo.

Tyra gimió de dolor cuando la punta de la daga se clavó aún más en su cuello, provocándole un pequeño corte en el mismo. Al instante, la joven notó cómo una gota de sangre caía por su cuello y sintió tanto miedo en ese momento que se arrepintió de haber intentado escapar.

—No voy a tolerar otra acción como esta. Yo no soy tan transigente como Ewan, así que a la más mínima que intentéis escapar de nuevo, rajaré vuestro cuello sin pensármelo dos veces. ¿Entendido?

—Sí... —tartamudeó Tyra a punto de llorar.

—James... —volvió a intervenir Ewan colocándose frente a su amigo—. Suéltala, por favor.

James esperó unos momentos mientras le sostenía la mirada a Ewan.

—Ahora vamos a entrar en esa taberna y lo haréis tranquilamente y sin armar escándalo. No miréis a nadie, no intentéis hablar con nadie ni muchos menos decirle a nadie quién sois y qué ha ocurrido. ¿Entendido?

Tyra volvió a asentir bajo la atenta mirada preocupada de Ewan, que no podía dejar de mirar las lágrimas que caían ya por las mejillas de la joven. Y cuando James la soltó, el joven estuvo a punto de abrazarla, pues la veía tan indefensa en ese momento que le hizo preguntarse por primera vez si ese plan era tan bueno como había creído en un principio.

Tyra se abrazó a sí misma temblando como una hoja y levantó la mirada hacia Ewan, que la observaba en la casi oscuridad que se había echado sobre ellos antes de que se dieran cuenta. El joven le indicó con la mano el caballo y Tyra, sin rechistar, fue directa hacia él, montando al instante y sin quejarse del intenso escozor que sentía en el cuello debido a la pequeña herida que le había infringido James con su daga.

Segundos después, Ewan montó de nuevo tras ella e instó al caballo para iniciar la marcha. Vio como James también montaba y los seguía a pocos metros. Ewan tenía la sensación de que la situación se le estaba yendo de las manos. Jamás pensó que aquella joven tuviera las agallas suficientes que había mostrado minutos antes para poder intentar escapar. Aunque en su encuentro con ella en el bosque había visto su valentía, pensaba que en el momento de verse secuestrada todo cambiaría y sería una muchacha más asustadiza, pero al no ser así, la ira de James salía a flote. Sabía de la rabia de su amigo por Malcolm y la gente como él. Había perdido a su familia a manos de alguien como el prometido de la joven y estaba deseando poder liberarse de la carga que suponía la muerte de sus seres más queridos. Por ello, estaba comenzando a temer por la vida de Tyra si no seguía sus instrucciones al pie de la letra, por lo que se prometió cuidar de ella hasta que su venganza llegara a su fin.

En ese momento, mientras se aproximaban a las cuadras de la taberna, Ewan fue consciente del intenso temblor que sacudía a la joven que cabalgaba junto a él. Su cuerpo se agitaba con tanta intensidad que durante unos momentos se preguntó si tal vez estaba comenzando a sentirse mal.

—¿Te encuentras bien? —le preguntó en voz baja.

Al instante, Tyra giró levemente la cabeza. Su rostro estaba surcado de lágrimas que caían sin cesar y aprovechó ese momento para mirarlo con auténtico odio.

—¿Qué más os da, señor? No soy más que vuestra prisionera.

Aquellas palabras y ese gesto hicieron sentir un pinchazo en el pecho a Ewan. Él jamás había sido así. Se había convertido en la persona que era por culpa del prometido de esa muchacha, pero ella, al igual que él, era una víctima más de Malcolm; por ese motivo, volvió a preguntarse si aquello estaba bien, pero la salida del mozo de cuadras interrumpió sus pensamientos, haciéndolo volver de repente a la realidad y a sus planes.

Ewan fue el primero en bajar del caballo, seguido de James, que le cedieron las riendas de ambos animales al mozo. Cuando Tyra vio la mano que Ewan le ofrecía para desmontar, la obvió y desvió la mirada. Después bajó sola y sin apenas dirigir la mirada a ninguno de los presentes.

Cuando sus pies tocaron la tierra húmeda, llevó su mano derecha a la herida del cuello y comprobó que ya no sangraba, tan solo una gota solitaria estaba a punto de salir de ella, por lo que la limpió con rapidez antes de que cualquier persona que estuviera en la taberna se diera cuenta de su herida, ya que temía que James pensara que lo había hecho adrede.

—Vamos —indicó Ewan con la voz lo más apacible posible para intentar suavizar el ambiente que se había levantado.

El joven lanzó un suspiro tras ver cómo Tyra lo seguía con la cabeza gacha y aún temblando como una hoja. Y cuando su mirada se dirigió a James, la cosa no mejoró en absoluto. En su rostro se veía un odio tan profundo que le hizo dudar sobre si realmente el motivo de su carácter era Malcolm o cualquier otra cosa.

Cuando llegaron a la puerta de la taberna, Tyra levantó la mirada y echó un vistazo al edificio. Este era más amplio de lo que le había parecido en un principio desde la lejanía. Numerosas ventanas recorrían la fachada y supuso que los laterales de la casa también estaban llenos de ellas. Los amplios ventanales estaban tan mugrientos que no estaba segura de si lograrían quitarles la grasa en algún momento o tal vez deberían comprar unos nuevos. Las marquesinas que había en las ventanas parecían estar a punto de caerse en cualquier momento, tal y como ocurría con el tejado, cuyas tejas daban la sensación de estar sueltas y a punto de caer con el más mínimo soplo de aire. Un pequeño banco de madera podrida se encontraba al lado de la puerta de entrada, cuyo color negro le hizo dudar sobre si era realmente de ese color o se había ennegrecido con los años y la escasa limpieza que mostraba el exterior de la taberna.

Tyra tragó saliva y levantó una ceja. Jamás pensó que una mujer de su estatus dormiría en un lugar como aquel, donde parecía estar la puerta a los infiernos. Inconscientemente, dio un paso hacia atrás y enseguida entendió su error, pues su espalda chocó contra el pecho de James, que la empujó fuertemente contra la puerta.

—¿Piensas escapar de nuevo, muchacha?

Tyra se volvió de golpe. Su carácter la incitaba a contestarle y a exigirle un trato mejor por su parte, pero sabía que era la secuestrada y no estaba en condiciones de pedir nada. Sin embargo, su lengua viperina no pudo contenerse:

—Cuando mi padre logre apresarte, estaré encantada de presenciar tu ejecución.

James dio un paso hacia adelante, pero Ewan lo paró poniéndole una mano en el hombro.

—Amigo, no es momento ni lugar para nada. —Después se giró hacia Tyra y endureció la expresión de su rostro—. Muchacha, será mejor que te mantengas callada durante nuestra estancia en este lugar. No queremos llamar la atención, así que volveremos a hacernos pasar por marido y mujer. ¿Entendido?

Tyra asintió a regañadientes.

—No quisiera volver a atar tus manos, así que confiaré en tu palabra como hija de un barón.

La joven apretó los puños y giró la cabeza hacia la puerta de la taberna. No estaba preparada para acceder a un lugar así, pero qué remedio. Tyra respiró hondo y aguantó la respiración cuando Ewan abrió la puerta. Un intenso olor viciado logró desprenderse de ella, provocando que Tyra arrugara la nariz y comenzara a sentir náuseas. En ese momento, un intenso alboroto llegaba hasta ellos, haciendo que la joven se preguntara qué estaba pasando en ese lugar.

Ewan fue el primero en entrar a la taberna y Tyra vio que también arrugaba la nariz ante el fuerte olor, aunque imperceptiblemente. La joven lo siguió y dio primero un paso tambaleante y otro más hasta entrar por completo.

—Dios mío... —susurró al ver el tipo de personas que había dentro de la taberna.

Esta se encontraba casi repleta de hombres. Muy pocas mujeres eran las que caminaban de un lado a otro, y todas ellas parecían ser de vida alegre, pues sus atuendos poco o nada tenían que ver con la fina tela del camisón y la bata de Tyra, que se cubrió aún más con ella cuando vio que gran parte de los allí presentes se giraba hacia la entrada para verlos pasar.

Poco a poco, sin saber muy bien por qué, el griterío fue haciéndose cada vez más bajo hasta que tan solo quedaron hablando un grupo de personas que había en una mesa cercana a la puerta y apenas hicieron caso a su llegada. Tyra se quedó mirándolos fijamente y descubrió que estaban jugando a algo que no había visto jamás. Parecían estar apostando dinero mientas no dejaban de beber en unos vasos tan mugrientos como las ventanas de la taberna. La joven frunció el ceño con auténtico asco, pero cuando se dio cuenta de que uno de los allí presentes la había descubierto mirándolos, Tyra giró la cabeza en la dirección que había tomado Ewan, que no era otra que la barra del bar.

—Buenas noches, caballeros —los saludó una mujer con una sonrisa desdentada que intentaba ser picarona.

De reojo, la mujer miró a Tyra, aunque enseguida se quedó embobada por la caballerosidad y elegancia que desprendía Ewan.

—Buenas noches —le devolvió el saludo—. Mi esposa, mi amigo y yo andamos buscando un lugar donde pasar la noche. ¿Os quedan habitaciones?

La mujer hizo un puchero.

—¿Vuestra esposa? —preguntó con un gemido lastimero—. Claro que nos quedan. Tenemos un par de ellas en el piso superior, lo único malo es que están separadas. La habitación de matrimonio está al fondo del pasillo y la otra está al lado de las escaleras.

Ewan se encogió de hombros con una sonrisa.

—No importa. Solo deseamos poder apoyar nuestros cansados huesos en un colchón.

—Entonces le diré a una de las chicas que las acomode para ustedes. ¿Desean cenar?

Ewan se giró hacia Tyra y al ver su rostro famélico y ligeramente asustado asintió mientras volvía a mirar a la camarera.

—Claro que sí. Estaremos encantados de disfrutar del ambiente de esta preciosa taberna.

La muchacha sonrió y volvió a mostrar las piezas que le faltaban a su boca, algo que provocó que Tyra desviara la mirada con asco, pues algunos de sus dientes estaban tan negros como los cristales de ese asqueroso lugar.

—La única mesa libre es aquella al lado de las escaleras.

La joven señaló hacia el lugar y Tyra estuvo a punto de agradecer que estuviera lo más alejada posible del bullicio de aquella gente tan extraña. En silencio, los tres se dirigieron hacia allí y Tyra fue la primera en sentarse. La joven no pudo evitar un gesto de dolor cuando sus huesos por fin pudieron descansar sobre algo rígido, y tan metida estaba en sus pensamientos que no fue consciente de la atenta mirada que le dirigía Ewan mientras James se dirigía a la barra a por unos vasos con para beber.

La joven se sentía exhausta y, aunque le costara acostumbrarse a esas condiciones, estaba segura de que no pasarían muchos minutos hasta que lograra conciliar el sueño. Había sucedido mucho en muy poco tiempo. Durante semanas había estado preparando la fiesta y tras esta, donde finalmente todo había salido bien, la habían secuestrado sin saber realmente el motivo y lo que iban a hacer con ella.

Con cansancio, Tyra apoyó los codos en la mesa y dejó caer la cabeza en una de sus manos. Lentamente, levantó la mirada hacia Ewan y descubrió que la estaba observando con auténtico interés con una mueca demasiado extraña y un rostro serio. Al instante, la joven se enderezó e intentó mantener la compostura, aunque la sonrisa que esbozó Ewan le extrañó.

—¿Qué ocurre? —le preguntó—. ¿Te ríes de mí?

—No, solo intento adivinar cómo una muchacha como tú desea casarse con alguien como Malcolm. Podrías escoger a cualquier otro.

Tyra frunció el ceño y lo miró con intensidad.

—Él es muy caballeroso conmigo, amable y buen conversador. Además, es muy... guapo.

Ewan lanzó una carcajada que no pasó desapercibida por los allí presentes, algo que le ganó una buena reprimenda de Tyra, que lo miró en silencio intentando echar fuego por los ojos.

—No es gracioso.

—Bueno, esa descripción de Malcolm me ha hecho mucha gracia. Una persona como él no cambia tanto en unos años.

—Me estoy cansando de escuchar insultos hacia mi prometido, señor Smith —susurró Tyra—. Y me estoy cansando de tanto movimiento sin descanso y sin saber qué demonios vais a hacer conmigo. Quiero volver a casa.

Ewan torció el gesto y miró a James, que seguía en la barra hablando con la camarera.

—Me temo que no va a ser posible. ¿No te gusta esta aventura?

—¿Gustarme? —preguntó casi chillando—. Me habéis obligado a dejar mi casa y acompañaros hasta este mugriento lugar repleto de ratas...

—Tened cuidado con lo que decís, lady Stone —indicó Ewan mirando a su alrededor—. Si las ratas os escuchan, podríais tener problemas. Y estoy seguro de que James estaría encantado de ello.

—Tu amigo me ha hecho daño.

Ewan dirigió la mirada a la pequeña herida del cuello de la joven, aunque, sin saber por qué, su mirada bajó aún más hasta el escote de la bata, provocando que Tyra se sonrojara y cerrara aún más la tela.

—Hablaré con él. Yo soy el que manda aquí y si yo no lo ordeno, no sufrirás daño. Solo quiero usarte para hundir a Malcolm.

—¿Y si tus órdenes son hacerme daño? —preguntó Tyra con miedo.

Ewan se encogió de hombros y la miró a los ojos.

—Espero no tener que hacerlo porque me molestaría bastante tener que hacer daño a una mujer tan hermosa como tú.

Tyra no estaba segura de que aquellas palabras fueran una amenaza o un cumplido, pero sus mejillas se tiñeron de rojo al tiempo que James llegaba con las bebidas y algo para comer.

—¿Qué es eso? —preguntó Tyra casi con horror.

—Huevos revueltos —respondió James secamente.

Tyra levantó las cejas, incrédula por lo que veían sus ojos. Lo que contenía el plato parecía cualquier cosa menos huevos, pero era tal el hambre que tenía que no pudo resistirse a probarlo. Por lo que cogió uno de los tenedores y sin mirar el contenido lo llevó a su boca. Al instante, una mueca de asco se dibujó en sus labios.

—¿Qué ocurre? —preguntó Ewan—. ¿No es del gusto de la futura señora de Spears?

Tyra dejó el tenedor sobre la mesa lentamente mientras intentaba masticar aquella comida, si es que podía llamarla así.

—Vete al infierno —fue su respuesta.

Después se apoyó en el respaldo de la silla y se dedicó a observar a los allí presentes, ya que se le había quitado el hambre de golpe tras probar aquella asquerosidad.

La taberna parecía estar llena de ladrones o, peor, asesinos que estuvieran escondiéndose de alguien en ese lugar de mala muerte. Los ropajes de muchos de ellos estaban manchados de Dios sabía qué, además de rotos y polvorientos del camino. Sus pieles, antaño blancas, estaban llenas de mugre, tal vez de vivir rodeados de basura o barro y parecían llevar meses o años sin probar la limpieza del agua. Algunos de ellos comían con las manos como si fueran unos salvajes mientras que otros jugaban ciegamente y apostaban sus pocas monedas con otros de similar calaña.

Tyra entonces suspiró. Durante toda su vida había intentado escapar de ese tipo de personas, pero algo dentro de ella la había empujado a ayudar en muchas ocasiones a los no tan favorecidos como ella. Siempre pensó que esas personas se gastarían su dinero en comida para su familia, pero descubrió en ese momento que no todos piensan en un futuro y guardaban su dinero, sino que preferían gastarlo en una taberna como aquella. Agradeció ser tan afortunada por haber nacido en la familia del barón de Nottingham a pesar de no haber conocido a su madre.

—¿Qué ocurre ahí? —preguntó Ewan a James en voz baja mientras dirigía su mirada hacia la mesa donde estaban jugando.

Un griterío aún mayor se había levantado en ese momento haciendo que Tyra dejara a un lado sus pensamientos y dirigiera su mirada hacia ellos. Un par de hombres que estaban jugando en la mesa cercana a la puerta se levantó y comenzó a pelear. Primero empezaron a lanzarse insultos y reprimendas por haber jugado sucio para ganar más dinero, y después uno de ellos lanzó el primer golpe hacia su interlocutor.

Tyra abrió desmesuradamente los ojos y dejó escapar el aire contenido de sus pulmones, llamando la atención de Ewan, que giró la cabeza en su dirección. El joven frunció el ceño y dejó sus cubiertos sobre la mesa para después agarrar del brazo a Tyra. Esta lo miró con el rostro aún sorprendido. Los hombres se peleaban fuertemente muy cerca de ellos y la joven jamás había visto algo semejante en toda su vida.

—Será mejor que vayamos a la habitación.

Inconscientemente, Tyra asintió y volvió a dirigir su mirada hacia la pelea, que se aproximaba peligrosamente a ellos. Algunas sillas volaban de un lado para otro mientras los más peligrosos intentaban llevarse la pelea fuera del local para que esta fuera más grande y con más gente.

Tyra sintió en ese momento un tirón de su brazo y vio que Ewan se había levantado de su silla. Sin pensárselo dos veces, la joven también se levantó y se acercó a él. Vio de reojo que James se quedaba unos instantes mirando la pelea, pero enseguida los secundó tras un aviso de Ewan.

Las escaleras de la taberna eran demasiado estrechas como para subir dos personas juntas, por lo que su secuestrador iba en primera posición y casi la arrastraba escaleras arriba para llegar cuanto antes a la seguridad de las habitaciones.

—James, estate atento a algún movimiento extraño durante la noche —le indicó Ewan cuando llegaron al primer piso—. No quiero sorpresas.

—Tranquilo, amigo.

Antes de entrar en la habitación que le habían asignado, James miró a Tyra, y sin tan siquiera pronunciar una palabra, lanzó una advertencia muy seria sobre ella si volvía a intentar escapar de ellos.

La joven después se giró hacia Ewan, que caminaba con paso decidido y apresurado hacia la habitación. Desde allí parecía escucharse la pelea como si estuviera más cerca que antes, lo cual hizo saltar de preocupación el corazón de Tyra, temiendo que todo el jaleo llegara hasta ellos y se vieran envueltos en ella.

La joven se dejó guiar por su secuestrador tan dócilmente que hasta ella se sorprendía, ya que podría utilizar la algarabía como una buena forma de escapar de él. Sin embargo, temía ser pasto de las fieras de abajo. Sus ropajes y sus rostros no eran tan serenos como el de Ewan que, a pesar de haberla secuestrado, Tyra sentía dentro de ella que no era tan fiero como intentaba aparentar ni pretendía hacerle el daño que le había prometido desde un principio.

—Es esta... —sentenció el joven, pensativo.

Cuando la puerta de la habitación se abrió, Tyra se vio empujada dentro de ella. La joven echó un vistazo rápido a su alrededor y descubrió, para su sorpresa, que estaba tan limpio que creyó haberse equivocado de lugar.

La puerta se cerró en ese momento tras ella y Tyra se giró asustada hacia atrás. Ewan la miraba tan fijamente que pensó que querría adivinar sus pensamientos para descubrir si pretendía escapar de nuevo, pero intentó desviar la atención hacia otra cosa antes de que descubriera que así era.

—¿Por qué tenemos que dormir ambos en la misma habitación? Esto afectará a mi reputación.

Ewan levantó una ceja y esbozó una casi imperceptible sonrisa.

—¿Una secuestrada durmiendo sola? —preguntó irónicamente—. Mis disculpas, no había pensado en eso...

Tyra soltó el aire de golpe y lo miró con mala cara, aunque Ewan apenas le hizo caso, pues se dirigió hacia la pequeña chimenea que habían dejado encendida para que la habitación se calentara para ellos.

Tyra lo observó desde su posición. La joven se había quedado parada frente a la puerta y pensó que tal vez ese momento de pequeña distracción era el más propicio para huir. Sin embargo, la voz de Ewan pareció tronar dentro de la estancia.

—Si estáis pensando en huir ahora mismo, lady Stone, dejad que no os lo recomiende. —Ewan se giró hacia ella y caminó lentamente hacia la joven—. Ya habéis visto qué tipo de personas hay ahí abajo. Supongo que alguien como vos no querrá inmiscuirse con ellos, ¿me equivoco?

—Tal vez puedan ayudarme si les cuento la verdad —respondió dando un paso hacia atrás al ver que Ewan no se detenía y se acercaba cada vez más.

La joven sentía que estaba a punto de echarse a temblar, aunque no estaba segura de si era por miedo a su secuestrador. En la habitación no había más luz que la que lanzaba la chimenea, por lo que desde esa posición el rostro de Ewan se veía más oscuro, proporcionándole un aspecto más peligroso de lo que ya pensaba. Además, su forma de caminar hacia ella, tan lenta, le hacía sentir como una presa ante un animal hambriento. Y el hecho de estar en la intimidad de una habitación solos no ayudaba en absoluto a que se sintiera mejor.

—¿Estáis segura de que os ayudarían, lady Stone? —preguntó antes de chasquear la lengua.

En ese momento, la espalda de Tyra chocó contra la puerta, quedando atrapada, pues al instante los brazos de Ewan fueron a parar a ambos lados de la cabeza de la joven. Tyra se sintió como aquel encuentro en el bosque por primera vez, aunque ahora no tenía escapatoria. Sus manos comenzaron a temblar por el nerviosismo que le producía la cercanía del joven. Y se golpeó mentalmente al llevar inconscientemente la mirada a sus labios, pues recordó el beso que le había dado Malcolm durante la fiesta y se preguntó en ese momento si todos los hombres besarían igual. No obstante, cuando fue consciente de sus propios pensamientos, la joven cerró los ojos para desviar la atención, aunque el olor varonil de Ewan parecía atraerla más de lo que le habría gustado desear.

—Podemos hacer la prueba y dejaros sola con las fieras...

—Tal vez no sean tan diferentes a ti —dijo abriendo los ojos.

Ewan sonrió de lado y acercó más el rostro a Tyra, cuyo corazón se sobresaltó tanto que pensó que llegaría a salir por la boca.

—¿De verdad parezco tan fiero? —El joven ladeó la cabeza y dejó su rostro a solo un palmo de Tyra—. Eso me confirma que no conocéis a Malcolm en profundidad o tal vez los hombres que os gustan sean los más feroces.

Tras aquellas palabras, Tyra se sintió humillada, por lo que empujó con fuerza a Ewan, apartándolo de su lado al instante y volviendo a disfrutar de su propio espacio personal. Su corazón latía con fuerza, pero no por esas palabras, sino por lo que había sentido con la proximidad del joven. Por ello, lo miró con mala cara y se alejó de él antes de desviar la mirada y centrarse en otra cosa. Sin embargo, lo que vieron sus ojos no hizo que sus sentimientos mejoraran, sino que como si le hubieran dado un golpe en el pecho, Tyra dejó escapar el aire contenido al tiempo que lanzaba una exclamación.

CAPÍTULO 7

—¡No puede ser! —exclamó.

Hasta entonces no había sido consciente de la particularidad de la habitación. Abajo había escuchado que era la única que quedaba de matrimonio, pero no había pensado que la cama que hubiera dentro sería doble, por lo que ahora que la tenía frente a sí solo podía negar con la cabeza, dispuesta a no dejar pasar lo que pretendía su secuestrador.

—¿No pretenderás dormir ahí? —le preguntó volviendo a tutearlo y sin dejar de señalar con la mano hacia la cama.

Ewan miró hacia donde señalaba, ya que no estaba seguro de a qué se refería, y entonces en sus labios se dibujó una sonrisa.

—Por supuesto que sí. ¿Dónde sino iba a dormir?

Tyra negó de nuevo con la cabeza y dio un paso atrás.

—No, no. En mi cama no va a dormir nadie, y menos tú.

Ewan levantó una ceja.

—¿Tu cama? La habitación la he pagado yo, así que no voy a dormir en otro lugar que no sea esa cama.

—¿Me habéis secuestrado y me vais a hacer dormir en el suelo?

—En la cama caben dos personas y en ningún momento os he obligado a dormir en el suelo. Podéis dormir conmigo.

Tyra frunció el ceño. La joven comenzó a sentir algo extraño dentro de ella. Un intenso nerviosismo se instaló en su vientre y su corazón latía con tanta fuerza que a veces pensaba que le faltaba el aire.

—Una señorita no puede dormir con un hombre. ¿Cómo te atreves a decirme eso? Tengo una reputación...

—Solo vamos a dormir, muchacha, no pienso haceros nada. Jamás se me ocurriría tocaros porque las mujeres como vos no son mi tipo.

Tyra abrió la boca inconscientemente y bajó la mirada para observar su cuerpo.

—Más de un hombre ha suspirado por mí, señor...

—Pero yo no, muchacha —la cortó—. Yo voy a dormir en la cama. Si no queréis hacer lo mismo, supongo que ese sillón destartalado puede serviros para descansar.

Tyra dirigió la mirada hacia donde le indicaba y torció el gesto. El sillón al que se refería era viejo y estaba roto en algunas zonas, pero al menos le serviría para dormir lejos de él, así que, con toda la dignidad que pudo reunir, Tyra se dirigió hacia allí y se sentó, comprobando al instante la dureza del sillón y arrepintiéndose de haber elegido dormir ahí. Pero su orgullo le impedía mirar a Ewan, que ya se dirigía en silencio hacia la cama y se tumbaba sobre ella, lanzando un gemido de placer por la comodidad del colchón.

—Desgraciado... —susurró la joven mientras intentaba acomodarse.

—¿Decíais algo, muchacha?

Tyra apretó los puños y lo miró, comprobando que se había quitado la chaqueta y estiraba su cuerpo contra el mullido colchón.

—Que sois un desgraciado y muy descortés por permitir que la hija de un barón duerma en un sillón en lugar de ser vos quien lo haga.

—Lo soy —aseveró el joven con una sonrisa—, pero disfrutaré de esta cama como nunca lo he hecho.

Tyra resopló y se acomodó como pudo. La joven encogió las piernas para abrazarlas y dejó caer la cabeza contra el sillón. Después comenzó a idear un plan en su mente para escapar en cuanto su secuestrador cayera rendido por el cansancio. No estaba dispuesta a seguir retenida contra su voluntad por un hombre como él. Lo odiaba, sentía que lo odiaba más que a nadie en toda su vida, pero al mismo tiempo esa forma de ser le resultaba tan atrayente que no podía dejar de pensar en él. Toda su vida había sido tratada por los hombres con auténtica devoción y respeto, jamás ninguno se había atrevido a tutearla o comportarse con ella como si no perteneciera a la nobleza y fuera una ciudadana más. No obstante, Ewan Smith se había saltado el protocolo desde el primer momento en que se cruzó en su camino al apuntarla a la cabeza con una pistola al pensar que iba a robarle el caballo. Y tras su secuestro la situación no había mejorado en absoluto, al contrario, su forma de ser con ella distaba mucho de lo que ella había conocido a lo largo de los años.

Sin poder dejar que su mente abandonara el rostro de Ewan, Tyra comenzó a relajarse cada vez más hasta que cayó rendida al cansancio y el sueño. Hacía tantas horas que sus ojos no se cerraban y descansaban que su sueño pasó a ser tan profundo en tan pocos segundos que no se dio cuenta de que Ewan seguía despierto y sin dejar de mirarla fijamente.

El joven esbozó una sonrisa cuando vio cómo el cuerpo de su rehén comenzaba a relajarse con facilidad y rapidez. Supuso que debía de estar exhausta después de tantas horas sin dormir y sin apenas descansar a lomos del caballo. Y al instante, el joven negó con la cabeza al volver a pensar en la testarudez de Tyra por no dormir junto a él en la cama. A Ewan no le habría importado en absoluto descansar junto a ella. La cama era realmente amplia y podrían haber dormido sin apenas rozarse durante toda la noche, pero supuso que la educación que había recibido Tyra le impedía pensar que dos personas pudieran dormir en una cama sin ser marido y mujer. Pero tras verla encogida en el sillón y seguramente incómoda, Ewan se planteó la opción de cogerla en brazos y llevarla junto a él a la cama, aunque al instante se golpeó mentalmente por pensar en ella de una forma tan flexible. Aquella muchacha era su rehén y no podía dejarse llevar por la belleza y valentía que mostraba desde que la conoció. ¿Cómo podía haber pensado en hacerle el secuestro más fácil para ella?

Ewan suspiró y se llevó una mano a la cara. Pensó que tal vez el cansancio acumulado y la tensión por el plan que esperaba que saliera bien le habían hecho bajar la guardia respecto a ella y la había tratado como a una más. Se repitió una y otra vez que debía considerarla como a una enemiga. Tyra estaba a favor de la persona que le había arruinado la vida y estaba seguro de que lo vendería a él solo por regresar junto a su prometido. Entonces, ¿por qué debía tratarla él como a una joven desamparada?

—Maldita sea... —susurró mientras apoyaba la cabeza contra la pared y cerraba los ojos unos segundos.

El joven tragó saliva y respiró hondo para intentar relajarse, pero la imagen de una Tyra altanera y defensora de Malcolm volvió a aparecer en su mente. Al instante, abrió los ojos y dirigió su mirada hacia ella, el objeto de parte de sus males. La joven dormía plácidamente a solo unos metros de él, pero él la sentía como si estuviera demasiado lejos. ¿Qué demonios le estaba ocurriendo con aquella muchacha? ¿Acaso lo estaba embrujando de alguna manera para que la dejara libre?

La observó detenidamente. Desde el primer momento en que la vio en medio del bosque le había parecido la mujer más hermosa que había conocido. Le dio la sensación de estar frente a un ángel, aunque cuando lo golpeó le demostró que tenía algo que no tenía ninguna mujer de las que había conocido a lo largo de toda su vida: agallas. Cualquiera se habría casi desmayado o echado a llorar cuando él se acercó tanto, pero aquella muchacha le había hecho frente. Y eso le gustó. Pero cuando le dijo que era la prometida de Malcolm la visión que había construido de ella se derrumbó en cuestión de segundos. No podía creer que una mujer de esas características quisiera casarse con un desgraciado como Malcolm, y desde entonces no había dejado de preguntarse qué mentira le había contado su antiguo amigo a ella para que aceptara casarse con él. Incluso había llegado a pensar que la joven era de la misma calaña que Malcolm, pero algo le decía que no, que era muy diferente.

Aunque lo peor de todo no era que aquella muchacha se había

metido en su cabeza y parecía no querer salir de allí, sino que le hacía sentir algo que desconocía. Tenía hacia ella un instinto tan protector que le sorprendía y hacía enfurecer al mismo tiempo. Cuando James la había amenazado con la daga antes de llegar a la taberna se vio capaz incluso de hacerle daño a su amigo si era necesario solo para conseguir que la soltara. ¿Qué le estaba pasando? ¿Qué ocurría dentro de él para pensar más en protegerla de Malcolm que en vengarse de él mediante su prometida? Debía llevar a su mente continuamente su plan para acabar con él y con todo lo que había conseguido, pero si lo hacía, también acabaría con la reputación de la joven, la cual no tenía ni idea de cómo era su prometido y era totalmente inocente.

Ewan suspiró. La idea que había tenido desde un principio tambaleaba y no sabía cómo debía reaccionar ante algo así, y mucho menos contárselo a alguien como James, pues estaba seguro de que acabaría con la joven antes de que terminara de contarle todo lo que le estaba pasando.

Finalmente, se obligó a sí mismo a descansar. Al día siguiente pensaría algo para poner de nuevo en orden sus pensamientos y llevar a cabo su plan. Estaba seguro de que el cansancio era el culpable de sus dudas, por lo que se tumbó en la cama y respiró hondo hasta que consiguió relajarse y dormirse.

No había pasado más de una hora cuando un alboroto al final de las escaleras lo despertó. Estaba desorientado. No sabía cuánto tiempo había pasado desde que se había quedado dormido, aunque cuando miró hacia la chimenea supuso que poco, pues el fuego aún estaba ardiendo y calentando la habitación.

Ewan se obligó a sí mismo a reaccionar y sacudió la cabeza para despejarse con la clara intención de salir al pasillo para ver quién estaba vociferando a esa hora de la noche. Con dificultad, pues aún sentía que su cabeza estaba durmiendo, el joven se levantó de la cama y miró inconscientemente a Tyra, pero esta no se había movido ni un centímetro de su postura.

Con el ceño fruncido, Ewan rodeó la cama para dirigirse hacia la puerta. El griterío parecía aproximarse a su habitación a un ritmo rápido, pero cuando estuvo a punto de alcanzar la puerta, esta se abrió estrepitosamente, chocando contra el lado contrario de forma estrepitosa y despertando de golpe a Tyra, que estuvo a punto de saltar del sillón por el susto.

La joven se levantó enseguida para ver quiénes habían irrumpido de aquella manera en la habitación y estuvo a punto de gritarles que se fueran, pero sus rostros le resultaron demasiado conocidos para ella, pues eran cuatro de los jugadores que esa noche habían discutido en la planta baja de la taberna, justo antes de que ellos se dirigieran a la habitación. Tyra se quedó muda y se giró hacia Ewan, que también los había reconocido y se colocó delante de la joven al instante para protegerla y hablar con los recién llegados.

—Me parece que se han equivocado de habitación, señores —dijo Ewan intentando mantener la calma.

Uno de ellos, que parecía ser el líder de los cuatro, esbozó una amplia sonrisa al tiempo que negaba con la cabeza y se frotaba las manos lentamente. El hombre, al que le faltaban algunos dientes y parecía haber salido hacía poco de la cárcel, dio un par de pasos hacia ellos y cruzó el umbral de la puerta, gesto que siguieron los otros tres acompañantes.

—No. Me parece que han sido ustedes quienes se han equivocado. ¿Acaso creen que no nos hemos fijado en sus ropajes? Es la primera vez que alguien de su posición viene a esta taberna y para colmo se queda a dormir. —El hombre ladeó la cabeza y dirigió la mirada hacia Tyra, que se encogía por momentos—. La camarera se ha equivocado con el precio de la habitación. Debió cobraros más.

—Ya he pagado una buena suma de dinero y aún así nos han dado una habitación cochambrosa —respondió Ewan.

El maleante chasqueó la lengua.

—Eso se lo ha pagado a la mujer, pero a nosotros no nos ha llegado nada.

Ewan frunció el ceño y se adelantó unos pasos.

—Yo no tengo que pagar nada a nadie, pues no sois los dueños de esta taberna —respondió mientras apretaba los puños con fuerza—. Será mejor que os marchéis.

El aludido negó con la cabeza al tiempo que un gesto de decepción se mostraba en su rostro.

—Me temo que no nos ha entendido, señor —apuntó mientras chasqueaba sus dedos.

—He dicho que os marchéis —repitió Ewan levantando la voz.

—Si usted no nos paga con dinero, tal vez la mujer pueda hacerlo.

Tyra dio un paso atrás y se abrazó con ambos brazos mientras intentaba taparse con la bata para evitar que vieran más de lo que deberían.

—Ni se os ocurra mirarla —lo amenazó Ewan.

Los cuatro hombres se echaron a reír hasta que el líder habló.

—No hablaba de mirar, señor...

Y antes de que pudiera reaccionar, los tres hombres que había tras el líder se lanzaron contra Ewan, que ya estaba preparado y lanzó un puñetazo contra el primer hombre que llegó hasta él.

Tyra, al ver la pelea a solo un metro de ella, deseó poder correr fuera de la habitación y regresar a su casa cuanto antes, sin apenas parar ni un solo segundo. Pero al estar la puerta interceptada por aquel maleante, la joven solo pudo esperar y desear que Ewan fuera el vencedor de la pelea, aunque no veía que fuera ganando, pues estaba en clara desventaja.

Y entonces fijó su mirada al frente. El líder del grupo la observaba fijamente y sonreía casi de una manera sádica. Desde luego, no lo hacía con el respeto que una chica como ella merecía. Al contrario, la miraba como si se tratara de un pedazo de carne que estaba deseando comer. Y el hecho de frotarse las manos tan lentamente y se relamiera los labios mientras la miraba de arriba abajo no ayudaba a que la joven se sintiera mejor.

Tyra vio que sacaba un puñal y lo asía con fuerza. Después miró hacia Ewan, al que le costaba horrores frenar los golpes de aquellos hombres, y se dirigió hacia él.

—¡No! —vociferó Tyra sin pensar—. ¡Cuidado, Ewan!

El aludido la escuchó, pero cuando logró desasirse de dos de ellos, ya era tarde y al girarse lo único que recibió fue un fuerte golpe con la empuñadura del puñal en la cabeza. Ewan cayó al suelo, mareado. Intentó ponerse de pie, pero todo le daba vueltas. Y al instante, sintió que varios brazos lo sujetaban y obligaban a levantarse mientras que una mano tiraba fuertemente de su pelo hacia atrás para alzarle la cabeza.

—No pretendíamos que fuera así, señor, pero nos habéis dejado otra opción.

Ewan intentó soltarse de los pares de manos que lo sujetaban, pero le resultaba imposible. El mareo ya había pasado y solo le había dejado una pequeña brecha en la frente de la que manaba un hilo de sangre.

—¡Soltadme! —vociferó.

El líder se acercó a él y le dijo en voz baja.

—Y ahora aprended sobre cómo se trata a una mujer.

—Ni se te ocurra tocarla, malnacido —lo amenazó Ewan intentando soltarse de nuevo, sin éxito.

El hombre sonrió y lo golpeó en el estómago. Ewan se dobló sobre sí mismo y tosió con fuerza.

—¡Dejadlo en paz! —vociferó Tyra para sorpresa de todos y de ella misma.

No habría pensado jamás en defender a su secuestrador, pero hasta entonces había demostrado ser mejor persona que aquellos hombres que solo sabían jugar y armar escándalo, además de haberse colado en su habitación de malas maneras. Por ello, la joven se veía en la obligación de defenderlo para intentar que lo soltaran y se marcharan de allí cuanto antes. Sin embargo, cuando los ojos del hombre se giraron hacia ella y se posaron con deseo sobre su cuerpo, Tyra no supo cómo reaccionar. Al instante, dio un paso atrás y miró a su alrededor en busca de algo que pudiera ayudarla, pero no había nada más que los utensilios de la chimenea. Por ello, se lanzó a coger el atizador y lo blandió como si de una espada se tratase.

—¡Marchaos de aquí si no queréis acabar con vuestros huesos en la cárcel! —gritó.

Tyra se sorprendía de la valentía que mostraba en esos momentos ante cuatro hombres que le doblaban el tamaño y podrían acabar con su vida con solo un chasquido, pero necesitaba defenderse. Si no lo hacía, Ewan tampoco podría hacer nada por ellos. Por eso, cuando el hombre se carcajeó y dio un paso hacia ella, Tyra intentó golpearlo con el atizador.

El hombre se echó hacia atrás, sorprendido por aquella joven.

—Vaya, vaya, señor, así que vuestra esposa es una fiera que necesita ser domada... —Se llevó la mano a la barbilla y la frotó suavemente sin dejar de relamerse—. No os imagináis cómo voy a disfrutar de esto...

—¡No la toquéis! —vociferó Ewan.

Tyra comenzó a respirar con dificultad. Sentía que los nervios se apoderaban de todo su ser y deseaba que aquello acabara cuanto antes. Pero ¿dónde demonios estaba entonces el amigo de Ewan? ¿Acaso no había escuchado el alboroto desde su habitación?

Tan metida estaba en sus propios pensamientos que cuando el hombre se lanzó hacia ella, Tyra no pudo reaccionar a tiempo y le fue arrebatado el atizador en un abrir y cerrar de ojos. La joven se vio impulsada hacia adelante, gesto que aprovechó el maleante para agarrarla de los brazos e impedir que cayera al suelo.

—¿Cómo estáis, muchacha? ¿Alguna vez habéis disfrutado de un buen amante?

Tyra lanzó su pie contra la espinilla del hombre y apretó con saña, provocando que lanzara una maldición entre dientes. Al instante, Tyra sintió contra su mejilla el puño de su atacante, lanzándola contra la cama. Cuando su cuerpo chocó contra el colchón intentó levantarse de nuevo, pero el pesado cuerpo de su atacante cayó sobre ella como una losa, impidiéndole moverse con libertad.

Tyra creía escuchar las voces de Ewan, pero tenía la mente tan obnubilada por el golpe que no era consciente de todo lo que sucedía, tan solo de la punta del puñal que se apoyó en su costado, obligándola a parar los movimientos de sus brazos.

Un intenso mareo la invadía, pero sacudió la cabeza para obligarse a mantenerse despierta. La mejilla derecha le dolía como nunca y la sentía palpitar como si tuviera vida propia.

—Vaya con la fiera. No pensé que tendría que usar el puñal contra una mujer tan hermosa.

Apretó más la punta contra el costado hasta sacar un gemido de dolor de la boca de la joven, cuyo rostro estaba perlado de sudor y repleto de lágrimas.

—¡No te atrevas a tocarla! —vociferó Ewan.

El hombre sonrió y agarró el rostro de Tyra para girarlo hacia el joven. Ambos se miraron a los ojos y en la mirada de ella Ewan solo pudo ver tristeza y súplica. Por ello, reunió toda la fuerza que le quedaba para deshacerse de los hombres que lo sujetaban. Y cuando el líder de ellos vio que Ewan lograba acabar con uno de ellos, se lanzó hacia Tyra y la besó en la base del cuello, impidiéndole cualquier movimiento con el puñal. Con la otra mano, intentó levantar la tela de su bata y el camisón mientras su boca buscaba la de la joven.

Tyra comenzó a rebullirse bajo el cuerpo de hombre, intentando hacer caso omiso al puñal, que estaba a punto de clavarse en su costado. Su cabeza huía de la boca de su atacante y sus manos intentaban apartarlo con toda su fuerza. Por ello, cuando Ewan estaba a punto de acabar con el último de sus hombres, el líder agarró del cuello a Tyra y la levantó de la cama. Se apartó de la pelea y llevó el puñal al centro del pecho de la joven, que respiraba fuertemente. Su corazón latía con fuerza y a pesar de sus intentos por apartarlo, el hombre hacía uso de su fuerza con ella.

En ese momento, James apareció en el umbral de la puerta y sacó la pistola del cinto, amenazando al atacante que mantenía prisionera a Tyra.

—¿Se puede saber dónde estabas? —vociferó Ewan cuando lo vio llegar mientras el cuerpo muerto del último hombre caía a sus pies.

James se mantuvo callado mirando fijamente a Tyra y al hombre. Lo reconoció enseguida, pues lo había visto jugar en el piso inferior.

—Soltad a la chica —dijo con voz amenazante.

—No. Ella se viene conmigo. —La punta del puñal abrió los

botones del camisón de Tyra—. Me ha costado a mis tres mejores hombres, así que creo que es un premio más que merecido.

—Si quieres dinero, puedo dártelo, pero suéltala —le pidió Ewan intentando acercarse.

Tyra soltó el aire de golpe cuando la punta del puñal acarició su escote desnudo. La joven temía que fuera cortando más la tela y dejara al descubierto su cuerpo y no pudo evitar cerrar los ojos cuando la afilada hoja le hizo un pequeño corte.

—Ewan... —suplicó pidiéndole ayuda aunque sin poder mirarlo.

—Tranquila, Tyra —la suave voz del joven llegó hasta sus oídos—. Todo saldrá bien.

—¡Qué tierno! —exclamó el hombre con voz falsa—. Pero no voy a salir de aquí sin soltarla. Esta fiera me calentará la cama hasta que me canse, así que apartad de la puerta.

—Esta mujer es muy importante para mi amigo —dijo James mientras amartillaba el arma—. No tenéis derecho sobre ella.

Y entonces, un disparo ensordecedor rompió el silencio que había quedado en la taberna, dando de lleno en la frente del asaltante, que soltó de golpe a Tyra y cayó a los pies de la joven como si de un saco se tratara.

Tyra cerró los ojos cuando la sangre del asaltante salpicó su cara y se apartó enseguida del paso muerto que había caído a sus pies. La joven temblaba como si de una hoja se tratara y deseaba fervientemente poder regresar a la tranquilidad y seguridad que le ofrecía su casa.

Inconscientemente, como si ahí fuera a encontrar el cobijo que necesitaba, Tyra caminó hacia atrás en busca de la pared para sentirse protegida por ella. Las lágrimas corrían rápidas por su rostro, perdiéndose entre el escote del camisón roto y a través del cual enseñaba más carne de la que una muchacha decente debía mostrar.

—Busca ayuda en el piso inferior para sacar sus cuerpos —escuchó que decía Ewan a James—. Dile a la camarera que nos han atacado y nos hemos tenido que defender. Después nos marcharemos a mi casa.

—¿Tu casa? Allí es donde primero te buscará el desgraciado de Malcolm.

—No me importa. Hay que acabar con esto cuanto antes.

Tyra escuchó los pasos apresurados de James hacia el pasillo y después se perdieron en la lejanía mientras desaparecían por las escaleras. Después, el silencio invadió el dormitorio donde había estado durmiendo plácidamente hasta hacía unos minutos, y se sintió más sola que nunca.

—Debo pedirte disculpas —la voz de Ewan rompió ese silencio atronador.

Pero Tyra no respondió. La joven temblaba sin parar. Sentía un frío inmenso dentro de su ser y no era capaz de levantar la mirada y reprocharle que él era el culpable de todo aquello. Había sido él quien la había sacado a la fuerza de la seguridad de su hogar y quien la había llevado hasta esa taberna pese a su negativa. Quería gritar y golpear cualquier cosa que se pusiera en su camino, especialmente a él. Pero no podía.

Tyra escuchó los pasos de Ewan que se acercaban a ella. El suelo crujía bajo sus pies y supo que se aproximaba de manera dubitativa y lenta. Al instante, la joven se apresuró a taparse y a encogerse aún más contra la pared.

De reojo, vio como Ewan levantaba una mano y la dejaba en el aire a solo unos centímetros de su hombro por miedo a la reacción de la joven. Y a pesar de lo vivido recientemente, no podía culparlo. Su cabeza así lo deseaba, pero siempre había sido justa y aquello no era culpa de él. Había sido la maldad de esos hombres la que había liderado sus acciones esa noche. Ewan no tenía nada que ver. Y a pesar de haberla secuestrado, Tyra no podía decir que la había maltratado de alguna manera. La había tratado con respeto a pesar de sus diferencias y discusiones. Por ello, Tyra levantó una mirada anegada en lágrimas y lo miró apenada. Tras varios segundos en silencio, finalmente la joven se decidió a acortar la distancia y a abrazar a Ewan.

Tyra necesitaba sentirse reconfortada después de todo lo ocurrido. La joven siempre se había apoyado en su sirvienta más cercana, pues en su padre había sido imposible. Por ello, deseaba sentir el calor humano y tener un lugar donde refugiarse, aunque fuera en los brazos de su secuestrador.

—No llores, por favor —le pidió Ewan con voz suave mientras la envolvía tiernamente entre sus brazos.

Tyra sintió en ese instante como si un rayo de tormenta la atravesara de pies a cabeza en el momento en el que las manos de Ewan se apoyaron en su piel. Estaba tremendamente cansada y asustada como nunca y a pesar de que el joven era el responsable de su secuestro, se sentía bien en sus brazos. Descubrió que aquella sensación de protección no la había sentido jamás, ni cuando estaba con su padre ni mucho menos con Malcolm. Con este último había sentido agrado, pero ese estremecimiento tan intenso, jamás. Y aquello hizo que la joven sintiera aún más miedo, pero ni siquiera ese sentimiento hizo que se separara de Ewan, que había apoyado la barbilla en la cabeza de la joven y la acunaba como si de una niña se tratase.

—Late con fuerza vuestro corazón —apuntó Tyra al cabo de unos segundos.

—¿Y eso os molesta? —preguntó suavemente.

—No... me agrada.

Ewan esbozó una sonrisa amplia y la apretó con más fuerza contra él. A él también le agradaba tener a la joven tan pegada a su cuerpo. Hacía tiempo que no había sentido la suavidad de una mujer, pero en aquel momento la flaqueza e inseguridad de la joven le hacían olvidar el verdadero motivo de su secuestro. Tan solo deseaba desaparecer con ella de ese mugriento local y llevarla a un lugar donde no pudiera ver de nuevo el horror de una parte de la sociedad y donde poder protegerla. Ya conocía la valentía de la joven en ciertos momentos, pero había descubierto la debilidad de Tyra y aquello lo disgustaba, para su sorpresa.

Ewan frunció el ceño, enfadado consigo mismo. Se obligó de nuevo a pensar en la joven como una rehén, pero después de lo que había visto esa noche no podía ni quería usarla como moneda de cambio. Esa muchacha no lo merecía, ni tampoco merecía una vida infeliz al lado de alguien como Malcolm, por lo que se propuso acabar con él sin hacer daño a la joven. Pero ¿cómo?

Los pasos apresurados de James a través del pasillo interrumpieron sus pensamientos y se apartó al instante de Tyra, aunque a regañadientes. No quería que su amigo lo viera abrazándola, pues podría volver a amenazarla por algo que no había cometido.

—Vamos al dormitorio de James. Allí no veremos todo este desastre.

Tyra asintió y se dejó guiar por el joven a través del pasillo. Le dolía terriblemente la cabeza y sentía que estaba a punto de desfallecer por el cansancio y las emociones vividas en tan poco tiempo. Por ello, sin saber cómo llegó hasta allí, Tyra se vio sentada en la cama mientras Ewan, para su sorpresa, se decidió a limpiarle el rostro de la sangre del atacante. Y después, se encontró tumbada en la cama de James y poco a poco su respiración se hacía más y más lenta. Estaba a punto de dormir cuando sintió que la cama se movía en el momento en el que Ewan se levantaba para dejarle intimidad, pero la joven alargó una de sus manos para retenerlo y le pidió con la mirada que se quedara junto a ella, pues no deseaba volver a sentirse sola.

CAPÍTULO 8

Cuando Malcolm llegó al final del bosque, el sol ya asomaba por el horizonte desde hacía rato. Irguió sus hombros de manera orgullosa y giró la cabeza en la dirección del soldado que afirmaba haber visto a Tyra junto a dos hombres en ese mismo lugar. El aludido, incómodo por la mirada de autoridad de aquel hombre al que no le debía lealtad, se adelantó a sus hombres y al propio John para aproximarse a Malcolm, que lo esperaba impaciente.

—¿Es aquí donde los viste? —le preguntó con cara de pocos amigos.

El soldado carraspeó y asintió en silencio. Después, señaló un lugar algo más a la izquierda.

—Fue allí. Dijeron que habían cruzado el bosque, así que supongo que tomaron aquella dirección.

Malcolm se quedó callado durante unos segundos mientras miraba el camino que supuestamente habían tomado los secuestradores de Tyra.

—¿Ocurre algo, muchacho? —le preguntó John adelantándose al resto para ponerse a su altura.

—Ese camino no lleva a la única propiedad que le quedó a Ewan cuando le arrebataron las tierras.

—Si yo fuera ese joven, no la llevaría a mi casa porque sería el primer lugar donde buscaría mi enemigo. ¿No creéis?

Malcolm lo miró con mala cara, sintiéndose humillado por aquella aclaración, y aunque su futuro suegro tenía razón, no quería dársela. Sin embargo, cuando se dio cuenta de su gesto, enseguida cambió la expresión y la suavizó con una ligera sonrisa.

—Tiene razón, señor Stone. No creo que se dirijan a su casa.

—No conozco mucho estas tierras —comenzó John—, pero creo recordar que hay una taberna de camino a una granja abandonada. Tal vez la intención de Smith sea llevarla hasta allí.

—Entonces no hay tiempo que perder —apuntó Malcolm antes de susurrar para sí—: Ese desgraciado no sabe con quién se ha metido...

El joven instó a su caballo a seguir el camino indicado mientras que John se quedaba quieto junto al soldado, que lo observaba con cierta expresión irónica en el rostro. Al instante, el resto de hombres siguió a Malcolm, pero John le pidió a su acompañante que se quedara junto a él un instante. Cuando por fin estuvieron solos, el padre de Tyra lo miró fijamente a los ojos.

—Pattinson, quiero que me diga la verdad —le pidió—. Esa expresión no la he visto nunca en su rostro y me da la sensación de que por su cabeza ronda algo que no sabe cómo decirme.

El soldado suspiró y miró hacia la comitiva que se había alejado varios metros hacia adelante. Después, volvió a mirar a su superior.

—Señor Stone, mi lealtad a usted es máxima. Lo sabe. He aprendido con usted muchísimo y me gustaría devolverle el favor, pero temo que no reciba mis pensamientos de la mejor manera posible.

—Adelante, por favor.

Pattinson carraspeó incómodo y se movió levemente en el caballo.

—No corren buenos comentarios sobre su futuro yerno, señor. Sé que siempre se ha mostrado amable y leal a vos y a vuestra hija, pero dudo que sus intenciones sean buenas.

—¿A qué os referís? —le preguntó con gesto serio.

—Conozco poco a Malcolm, señor, he visto cómo se comporta con los soldados y también he descubierto cómo lo hace con usted, y déjeme decirle que parecen dos personas totalmente diferentes. A algunos de mis amigos los ha acusado de cosas que él mismo ha hecho y los han castigado a latigazos mientras que con vos se comporta como si fuera una persona perfecta y educada. Tal vez voy a meterme donde no debiera, pero ¿deseáis a una persona así para vuestra hija?

—Nunca he dudado de él, Pattinson. Siempre se ha mostrado leal y respetuoso a mis órdenes y a mi hija... —comentó más para sí que para el soldado.

—No lo dudo, señor. Pero me han dicho la crueldad que tiene dentro de él y, señor, no me malinterprete, pero no querría a una persona así para mi hija.

John asintió y miró a Malcolm en la distancia. La comitiva se había alejado más de veinte metros de ellos, pero el padre de Tyra estaba tan pensativo que no podía dejar la conversación en ese punto.

—¿Y sabe algo más de Malcolm?

El soldado asintió y respiró hondo antes de soltar el aire lentamente.

—Cuando Malcolm nombró a ese tal Ewan Smith, reconozco que al principio no me acordaba, pero después de salir de vuestra casa, lo recordé. Le pregunté a mi mano derecha si le sonaba el nombre y la historia y finalmente lo recordó también, pero no era exactamente como vuestro yerno os lo contó. En el juicio que le hicieron a Ewan Smith este afirmó una y otra vez que era Malcolm quien deseaba desertar del ejército aquella noche, pero no lo creyeron. Lo despojaron de sus posesiones y se las dieron a Malcolm. Este sabía que si lo traicionaba así, todo lo perteneciente a Smith pasaría a ser suyo, incluido su puesto en el ejército. Desde entonces, Malcolm ha trabajo poco, por así decirlo. Tiene esbirros a los que paga para que le hagan el trabajo sucio mientras él disfruta en el cuartel o se va de fiestas. No sé si la historia con ese Smith sea verdadera, pero, sinceramente y si quiere mi opinión, creo que hay algo escondido en todo lo que hace Malcolm.

El rostro de John en ese momento era todo un poema. Pasaba de la sorpresa a la ira y viceversa. Se creía incapaz de creer algo así del que iba a ser su yerno, pero él había tratado menos con él que aquel soldado que tenía ante sí o los compañeros de este, por lo que no podía ser objetivo en su dictamen.

—Lo siento, señor, no quería ofenderlo.

La voz de Pattinson lo hizo reaccionar. Levantó la cabeza y negó.

—No se preocupe. Es algo difícil de asimilar, soldado. Sabía que había heredado esas tierras, pero creía que de forma legal. Le agradezco la información.

—Espero serle de ayuda. Y no dude en contar conmigo y mis hombres.

John asintió y ambos iniciaron la marcha hacia adelante. El grupo había avanzado bastante, pero los alcanzaron enseguida. Malcolm miró a John directamente, pero este no le devolvió la mirada. Mantuvo sus ojos al frente y el rostro pensativo. Acababa de descubrir un lado del joven que no conocía y no estaba seguro de querer conocerlo. Y, a pesar de su mala relación con Tyra, tampoco quería que su hija estuviera casada con un traidor. Debía indagar en el pasado de Malcolm y cómo había escalado puestos tan rápidamente en el ejército, además de amasar la fortuna de que disponía. Y si descubría que la había ganado de forma sucia, haría lo imposible para que pagara por sus acciones.

Tyra cabalgaba en silencio a lomos del caballo de Ewan. Apenas había descansado a lo largo de toda la noche a pesar de haberse quedado dormida en la habitación de James tras el ataque. Una pesadilla la atrapó durante todo el tiempo que le había durado el sueño y se había despertado al amanecer envuelta en sudor y lágrimas. Descubrió que Ewan estaba ya en pie y la instó a levantarse para marcharse de la taberna cuanto antes, pues la dueña les pidió que se fueran cuanto antes para evitarle problemas con los demás hombres del asaltante de la noche anterior.

Tyra se levantó lentamente. Sentía que la cabeza le dolía además de sentirla embotada, por lo que la joven estiró todos sus músculos y se dirigió a la pequeña jofaina que había sobre la mesa, gentileza de Ewan para que se aseara como normalmente hacía.

—Esperaré en la puerta —le indicó para dejarla con la intimidad suficiente para poder lavarse.

Tyra asintió en silencio y cuando se encontró sola, se dedicó unos minutos para ella, momento que le hizo recordar las rutinarias mañanas en su casa. Con un gesto triste y a la vez cansado, la joven salió del dormitorio y descubrió que tanto Ewan como James la estaban esperando. Este último le dedicó una mirada enojada mientras que el primero pareció mostrarle apoyo y comprensión.

En silencio, los tres bajaron las escaleras de la taberna, que en ese momento estaba completamente vacía, y se dirigieron a la puerta sin pararse a desayunar. Cuando el frío de la mañana le dio de lleno en el rostro a Tyra, la joven lo recibió con un intenso escalofrío. Aquel día se había levantado extremadamente frío a pesar de la época del año en la que se encontraban, por lo que Tyra intentó envolverse más bajo la escasa ropa que portaba.

El mozo de cuadra ya había preparado los caballos tras la orden expresa de James, por lo que en completo silencio, y bajo la atenta y susceptible mirada del mozo, ambos caballos se alejaron de esa taberna que tantos problemas les había causado sin saber la poca distancia que los separaba de la comitiva que el padre de Tyra había reunido para ir a buscarla.

144

Alrededor del mediodía, habían recorrido gran parte de la distancia que los separaba de la única casa que le había quedado a Ewan después de la traición de Malcolm, pero el joven, a pesar de expresar en varias ocasiones sus ansias por llegar, temía que su enemigo hubiera enviado una patrulla a sus tierras y se encontraran con una sorpresa cuando llegaran. Por ello, Ewan llamó la atención de James cuando llegaron al borde de un riachuelo donde habían decidido parar unos momentos para que descansaran los caballos y ellos pudieran llenar su estómago.

—¿Qué ocurre? —le preguntó su amigo, preocupado por la expresión de Ewan.

—Nada, es solo que temo que Malcolm haya descubierto ya que yo soy el responsable y haya enviado a sus esbirros a mi casa.

—¿Quieres que tomemos otro camino?

El joven negó con la cabeza.

—Quiero ir allí. Es el mejor lugar para mantener a salvo a la chica —dijo en voz baja mientras se alejaban unos pasos de Tyra, que los miró con interés.

James levantó una ceja.

—¿Tanto te importa su seguridad? —preguntó irónicamente—. Es la prometida de Malcolm. Estoy seguro de que es igual que él.

—Discrepo, amigo —respondió con el rostro serio—. Algo me dice que es diferente y que no tiene ni idea de cómo es su prometido. Lo intentaré descubrir mientras tú cabalgas hasta mi casa para comprobar que todo está bien.

—Está bien —respondió secamente—. Será mejor que me vaya en este momento si quiero reunirme de nuevo con vosotros antes de que caiga el sol.

Ewan asintió y le ofreció parte de la comida que ya habían sacado de las alforjas, pero recibió la negativa de James.

—No tengo hambre.

Ewan se quedó quieto mientras observaba montar a su amigo y se alejaba de ellos a galope, dejándolos completamente solos con el único sonido del agua del riachuelo y el canto de algunas pájaros cercanos.

Después se dirigió a Tyra, que estaba sentada en una piedra y saboreaba un trozo de queso mientras lo miraba de reojo, temerosa de que le prohibiera comer. Después de lo ocurrido la noche anterior se encontraba incómoda en la presencia de ambos secuestradores. Una parte de ella los culpaba por haberla llevado hasta allí y haber provocado que ese hombre se propasara con ella. Ni en sus más terroríficos sueños habría imaginado que su vida iba a dar ese vuelco para convertirse en una auténtica pesadilla de la que no sabía cómo salir, pues no estaba segura de cómo podía escapar de las garras de ese hombre con el que se había quedado sola.

Tyra lo observó y descubrió que también la miraba, por lo que la joven desvió la mirada al instante hacia la comida que estaba degustando. Quería gritarle y golpearlo; culparlo de todo lo sucedido, pero su gran momento de debilidad tras el ataque le impedía hacerlo. Le había pedido con la mirada que se quedara junto a ella en la cama. ¡Había dormido con un hombre que no era su prometido! ¿Cómo había podido ser tan tonta? Y para colmo, ¡era su secuestrador! Un intenso nerviosismo se instaló en su pecho al pensar que para hacer daño a Malcolm tal vez le contaría que había dormido con ella, dejando así su honor totalmente embarrado.

Nerviosa, se llevó una mano al rostro mientras lo frotaba para intentar pensar con claridad. Debía hacer algo, pero ¿qué? ¿Qué podía estar en su mano para acabar con ese secuestro de una vez por todas? Un secuestro del que apenas conocía el motivo, y en ese momento se dio cuenta de que eso era lo que debía hacer: indagar.

Ewan se sentó frente a ella sin dejar de observarla. Después de todo lo sucedido, aquella joven le inspiraba una fragilidad que nunca había sentido de ninguna otra mujer. Aún recordaba el momento en el que Tyra le había agarrado la mano y le había pedido que se quedara con ella en la cama para intentar descansar. Y el hecho de pensar que lo había necesitado para ello, le hacía tener muy presente esa sensación de protección hacia la joven. Sin embargo, algo dentro de él y que no comprendía muy bien le cortaba las palabras que intentaban salir por su garganta. Sabía que la joven estaba enfadada, así se lo mostraban sus ojos cuando levantaba la mirada y lo observaba. Y no le faltaba razón. Ewan estaba comenzando a sentir que su plan, urdido con rapidez después de conocerla en el bosque, hacía aguas por todas partes y tal vez no era la mejor manera de acabar con su peor enemigo. Y cuando la joven levantó la mirada y vio el rencor en sus ojos, descubrió que aquel silencio en ella amenazaba tormenta.

—¿Me vais a explicar ahora por qué me habéis secuestrado, señor Smith? —Levantó una mano para acallarlo, pues ya sabía lo que iba a decirle—. Ya sé que vuestra intención es acabar con la reputación de mi prometido.

—No solo con su reputación —la cortó—. Os lo aseguro.

—Pues me gustaría saber qué hizo para que el odio corra por tus venas —dijo tuteándolo de nuevo.

Ewan la miró a los ojos y vio su decisión. El joven tragó saliva, pues no deseaba contarle nada, al menos aún. Pero estaba seguro de que la fragilidad que mostraba la joven era solo una fachada y bajo aquella ropa había una mujer valiente capaz de afrontar lo que la vida le pusiera por delante. Por ello, carraspeó y dio comienzo a la historia de su vida.

CAPÍTULO 9

Cuando la historia de Ewan terminó, Tyra se levantó de su asiento con lágrimas en los ojos. La joven le dio la espalda a su secuestrador al tiempo que se llevaba las manos al rostro. No podía creer lo que acababa de contarle. El hombre al que ella había conocido no era así, no podía ser un desertor que lo único que había hecho era engañar y traicionar a un amigo solo para quedarse con su puesto y así dejar de hacer el trabajo sucio. Sabía, por lo que él le contaba, que apenas salía del cuartel para cosas importantes, tan solo papeleos y alguna que otra guardia. Pero de ahí a haber llegado a ese puesto tras un engaño de esas características...

—No puede ser —soltó de golpe girándose hacia Ewan—. Mi padre es el superior de Malcolm y jamás habría permitido que me comprometiera con una persona así. La historia de la traición debe de ser una mentira.

—Es tan cierta como que estáis secuestrada, muchacha, pero seguís tan ciega con vuestro querido Malcolm que no sois capaz de ver la verdad en mis palabras.

Tyra volvió a darle la espalda mientras negaba con la cabeza.

—¿Acaso nunca ha mostrado una opinión diferente a lo que os hubiera comentado en otra ocasión? ¿Siempre ha sido ese hombre perfecto que muestra respeto y adoración por las mujeres en todo momento?

Tyra recordó en ese momento el instante tan tenso entre ambos durante la fiesta de compromiso.

—El Malcolm que yo conocí trataba a las mujeres como escoria y solo las deseaba para acostarse con ellas, dejándolas después totalmente solas y sin una sola libra con la que alimentarse.

—Me ha dicho muchas veces que me quiere... —dijo intentando que no le temblara la voz.

—Palabras vanas, muchacha. Cualquier podría decirlas sin un sentimiento de nada más que puro interés que lo mueve. Eso es lo único que quiere vuestro prometido. ¡Nada más y nada menos que la hija de un barón que para colmo también es soldado! —exclamó con ironía—. Vaya... No ha ido a fijarse en cualquiera, no, sino en la hija de su superior, aquel que puede hacerle escalar puestos con tanta facilidad que no le hará falta salir del cuartel más que para tomar el aire puro del campo.

Tyra tragó saliva y se paseó durante unos momentos al tiempo que recordaba todas y cada una de las veces que había compartido un paseo con Malcolm.

—No os creo. Solo decís esas palabras para destruir nuestra relación y acabar con él. Solo queréis utilizarme para hacerle daño.

Ewan rugió y se levantó del suelo para acercarse a ella.

—¡Por Dios, muchacha! ¿Es que no lo veis? Queríais saber el motivo que me había llevado a vuestro secuestro. Ahí lo tenéis. Esa es la verdad. Malcolm me traicionó para conseguir mi puesto y mis tierras. Desde entonces he tenido que malvivir y despedir a los sirvientes que habían trabajado en mi casa desde que yo era pequeño, llevándolos a la ruina. No soy un mentiroso. Nadie me creyó en su día, pero estoy dispuesto a demostrar la clase de persona que es vuestro prometido.

—Aquello fue un error que cometió con vos —exclamó la joven levantando la voz—. Hablad con él y pedíos perdón. Así se aclararán las cosas.

—Pero ¿por qué demonios lo defendéis tanto, muchacha? —vociferó Ewan levantando las manos y la vista al cielo—. ¡Me exasperáis!

—Es mi prometido y yo sí soy leal a los que quiero.

Ewan apretó la mandíbula y acortó lentamente la distancia con ella.

—Lo queréis porque nunca habéis conocido a otro más que a él —dijo lentamente ganándose una bofetada.

—¿Cómo te atreves a decir semejante cosa? —gritó la joven—. No sabes nada de mi vida.

—Tampoco habrá mucho que conocer. ¿O acaso habéis mantenido relación con otro hombre además de Malcolm?

Tyra respiró hondo y levantó la mano de nuevo para darle otra bofetada, pero Ewan fue más rápido e interceptó su mano antes de que la joven pudiera llegar a tocarlo. En ese momento, tiró de ella y la acercó tanto a él que podía oler su suave perfume a rosas. Las caras de ambos estaban tan cerca que solo bastaba un ligero movimiento para que sus labios se tocaran, pero Tyra, en lugar de apartarse, levantó el mentón con orgullo y lo miró fijamente a los ojos.

—Eso no es asunto tuyo, señor Smith.

—¿Estáis segura de que ningún otro hombre os ha besado como lo hizo Malcolm en la noche de vuestra fiesta de compromiso?

Tyra frunció el ceño.

—Nunca he deseado que otro hombre me besara —respondió entre dientes.

Ewan sonrió de lado y apretó con más fuerza su mano.

—Lo mejor para saber si el hombre con el que estáis prometida es el mejor para vos es comparar, muchacha —dijo con voz ronca y con aquella sonrisa que haría derretir hasta el hielo—. Y si ningún otro os ha besado, ya sé lo que debo hacer...

Antes de que la joven procesara mentalmente cada una de sus palabras, Ewan acortó la poca distancia que los separaba y la besó con auténtica pasión, saboreando con furia sus labios y penetrando su boca con la lengua para degustar todo aquello que Malcolm tenía por suyo.

Una parte de él lo hacía con rabia, pero cuando fue consciente de que la otra parte lo hacía por deseo algo en él se encendió. Llevó una mano a la cintura de Tyra y la apretó contra él con autoridad e inconscientemente la acarició, dejándose llevar por ese momento que había deseado desde el momento en que se vieron por primera vez en el bosque.

Cuando Tyra sintió los labios de Ewan contra los suyos comenzó a rebullirse para apartarlo, colocando las manos sobre el pecho del joven. Sin embargo, cuando la juguetona lengua de su secuestrador entró en su boca y le permitió descubrir cosas que jamás había experimentado, la joven se quedó completamente quieta, disfrutando, muy a su pesar, de aquel beso robado por ese joven al que debía odiar y entregar a las autoridades en cuanto tuviera la mínima oportunidad. No obstante, la forma en la que la agarraba y la besaba era tan salvaje y tan diferente a lo que Malcolm había hecho cuando la besó que Tyra se dejó llevar por los sentimientos encontrados que estaba sintiendo en ese momento y abrió su boca con el mismo deseo que Ewan para recibir una vez más la calidez de su lengua.

Sin embargo, cuando la joven escuchó un gemido salido de su propia boca, abrió los ojos desmesuradamente y empujó a Ewan con todas sus fuerzas, apartándolo de golpe y despertando como si hubiera estado metida en una especie de sueño del que le estaba costando salir. Tyra creía que estaba volando o que tal vez la tierra se estaba moviendo, como si algo invisible tirara de su ombligo y la balanceara, pero no era así. Sintió que sus mejillas se tiñeron de rojo al ser consciente de lo que acababa de hacer con alguien que no era Malcolm y lo peor de todo era que se sentía mal porque realmente le había gustado aquella intensidad, nada que ver con el casto beso que su prometido le había dado la noche de la fiesta.

El corazón de la joven latía con fuerza al tiempo que una congoja inexplicable se instalaba en su pecho, tal vez por el sentimiento de culpa por haber besado a otro hombre. Aunque en realidad ella no lo había besado, sino que había sido él quien lo había hecho. Pero una voz interior le indicó que ella le había respondido, por lo que culpando a Ewan a de todo, levantó una mano y lo abofeteó con tanta fuerza que la mano comenzó a arderle como nunca mientras el joven daba un paso hacia atrás.

—¿Por qué has hecho eso? —gritó mientras se alejaba de él—. ¡Eres un libertino! ¿Cómo se te ocurre besarme aun sabiendo que estoy prometida?

Ewan se acarició la mejilla. Esta le ardía como nunca y la frotó para aliviar el dolor. Estaba sorprendido, pero no por el golpe, sino por su propio atrevimiento al haberla besado. Él nunca lo habría hecho, incluso ya le dijo que la joven no era de su tipo. Entonces, ¿por qué la había besado?

El joven giró la cabeza en la dirección de Tyra. Esta lo miraba roja de rabia y tal vez por la vergüenza que ahora sentía tras haberle devuelto el beso con la misma intensidad que él. Aquella expresión en su rostro la hacía parecer aún más bella de lo que normalmente estaba. ¡Pero qué demonios estaba pensando!

—No parecíais muy contraria al beso mientras me lo devolvíais.

—¡Eso es mentira! —vociferó con manos temblorosas.

—Os ponéis así porque sabéis que es cierto.

—Eres un desgraciado —le espetó con rabia.

Ewan sonrió de lado mientras daba un paso hacia ella.

—No es eso lo que dicen vuestros ojos.

Ewan miró hacia los labios de la joven y, sin poder resistirse, la volvió a besar de nuevo. Tyra ofreció de nuevo resistencia, pero sus piernas comenzaron a temblar con tanta intensidad que pensó que iba a caerse cuando menos esperaba, por lo que llevó inconscientemente las manos al pecho de Ewan y cerró los puños contra la ropa del joven para asirse con fuerza. Pero antes de que el beso adquiriera más intensidad, Ewan se apartó.

—La noche de vuestra fiesta de compromiso no vi temblar vuestras piernas, muchacha —le dijo antes de darle la espalda y volver a sentarse para terminar de comer el trozo de queso que había dejado sobre la hierba.

Tyra se quedó completamente quieta mientras su mirada estaba fija en la presencia de Ewan, que se había sentado de nuevo sobre la hierba como si nada hubiera ocurrido. Pero realmente sí había ocurrido algo que ella no esperaba en ningún momento: en su estómago sentía algo tan extraño que parecía tener mariposas revoloteando dentro de él, además de que su corazón y su alma deseaban probar de nuevo la calidez y masculinidad de los labios de Ewan. Cuando Malcolm la besó en el jardín le había gustado e incluso se había sentido nerviosa, pero aquello... no tenía palabras para describirlo, y odiaba a su secuestrador por ser el responsable de que su mente ahora se planteara la opción de si realmente Malcolm era el hombre perfecto para ella, para todos sus deseos internos que sentía desde la primera vez que leyó una novela de amor.

Lo odiaba. Odiaba a Ewan Smith por encima de cualquier cosa. Su vida no debía ser así, sino que tenía que estar en su casa pensando únicamente en cómo debía ser su vestido de boda, pero no. Estaba en medio de un lugar desconocido con un hombre que la había secuestrado y le estaba intentando abrir los ojos respecto a su prometido. Y lo peor de todo no era eso, sino que su propósito lo estaba consiguiendo, haciéndole ver que la vida encorsetada a la que estaba destinada con Malcolm no era lo que de verdad deseaba, sino algo más salvaje y fuera de lo que había frecuentado y vivido durante toda su vida.

Pero no iba a reconocerlo. No le daría la razón a ese hombre que se encontraba sentado frente a ella. Por ello, la joven se retiró unos metros de él y se sentó frente al caballo, dándole la espalda a Ewan, que giró la cabeza en su dirección y la miró durante los más de diez minutos que tardó en terminar de comer mientras no dejaba de darle vueltas a lo que acababa de ocurrir.

Malcolm fue el primero en divisar la taberna en la lejanía. Les había costado mucho encontrarla, pues era de difícil acceso y si no conocían bien el terreno corrían el riesgo de perderse. A una señal con su mano, el joven detuvo a toda la comitiva, excepto a John, que se puso a su misma altura y mantuvo su mirada fija en ese lugar. El padre de Tyra levantó una ceja y rezó para que su hija no hubiera pasado por ese asqueroso lugar, pues la reputación de la joven se vería seriamente afectada, además de que tal vez Malcolm la repudiaría si Tyra había dormido en un lugar así junto a otros hombres.

—¿Crees que Smith ha podido pasar por aquí?

—Por su bien espero que no haya obligado a mi prometida a dormir en ese lugar —dijo entre dientes.

—Sigo pensando que tal vez se dirijan a la granja abandonada —indicó el padre de Tyra—. Puede que debamos pasar de largo.

Malcolm negó con la cabeza y se giró para llamar la atención de uno de sus hombres.

—Doyle y yo iremos hacia ahí para preguntar por ellos. Puede que tengan información valiosa que nos confirme o desmienta que han pasado por aquí.

—De acuerdo, Spears. La vida de mi hija depende de ello, así que confiaré en vuestro criterio.

Malcolm asintió y tanto él como su hombre de confianza avanzaron hacia la taberna a paso lento. A medida que se fueron alejando, Malcolm soltó el aire de golpe y cerró los ojos unos instantes. La rabia le recorría todo el cuerpo desde esa misma mañana después de que un pensamiento negativo cruzara por su mente. Pensó que tal vez la desaparición de Tyra poco o nada tenía que ver con un secuestro y que pudiera ser que la joven se hubiera enamorado de algún otro hombre, puede que del propio Ewan Smith, con el que se había escapado para burlarlo a él y así suspender su propia boda.

La mano derecha comenzó a temblarle mientras agarraba con fuerza las riendas del caballo. Siempre le había pasado eso desde que era pequeño y una situación se le escapaba de las manos, pero cada una de las veces expulsaba de él ese sentimiento de la misma manera: golpeando. Y por Dios que lo habría hecho si tuviera a Tyra delante de él. Primero la golpearía y después le pediría explicaciones sobre esa desaparición, y poco le importaba que aún no estuvieran casados, pero no estaba dispuesto a casarse con una descocada que había pasado una noche en un mal tugurio junto a otro hombre sin antes haberle dado su merecido para que no volviera a hacerlo jamás. No obstante, había un cabo suelto en toda esa historia, y no era otro que John. Este no permitiría que su hija se casara con él si veía los golpes en el rostro de la joven o si esta le confesaba a su padre lo sucedido con él. Veía que sus movimientos estaban siendo entorpecidos por ese hombre que jamás había mostrado una pizca de sentimiento por su hija, pero que desde que había desaparecido no estaba pendiente más que de encontrarla.

—Doyle, sabes que eres el único en quien confío. ¿Verdad?

El soldado asintió y lo miró con seriedad.

—Tengo el presentimiento de que Smith va a ir a su casa, pero como Stone ha insistido tanto en desplazarnos hacia la granja, no puedo ir yo personalmente para comprobarlo. Por eso, he decidido que lo harás tú.

—Por supuesto, señor. No dude de mí. ¿Qué debo hacer?

Malcolm sonrió y lo miró, dispuesto a contarle uno por uno los puntos que había estado ideando en su cabeza a lo largo de toda la mañana.

Al cabo de pocos minutos, Malcolm desmontó del caballo. Su hombre de confianza ya sabía lo que debía hacer en cuanto salieran de esa taberna, pero antes debían entrar en ese tugurio que lo único que despertaba en ellos era auténtico asco.

Malcolm abrió la puerta sin tocarla, pues tenía miedo de contagiarse de algún tipo de enfermedad propia de las clases más bajas de la sociedad. Doyle entró tras él y ambos mostraron una expresión de asco y sorpresa cuando echaron un vistazo a su alrededor. Malcolm, a su paso, fue acallando las bocas de los que había en la taberna en ese momento, que no eran muchos, hasta que el silencio se hizo cortante a su alrededor.

Todos los presentes se sorprendieron de que un par de soldados hubiera aparecido por la puerta y miraron todos hacia esta deseando poder marcharse de allí si aquello era una redada del ejército.

La camarera, con el rostro tan pálido por el miedo que parecía estar a punto de desmayarse, se acercó a ellos lentamente y les preguntó si deseaban beber algo.

—No venimos a emborracharnos, mujer —respondió secamente Malcolm—. Estamos aquí porque andamos buscando a tres personas: dos hombres y una mujer.

A continuación, el soldado dio la descripción de Tyra y lo que recordaba de Ewan y cuando la camarera se enderezó mientras carraspeaba y tragó saliva, supo que habían estado allí.

—¿Los ha visto por aquí en la taberna o tal vez cerca?

La joven asintió.

—Estuvieron aquí anoche y se han ido hará como una hora. ¿Los buscan por la muerte de uno de mis clientes? Sí que los han avisado pronto...

Malcolm frunció el ceño y miró a Doyle sin comprender.

—¿A qué se refiere?

—Uno de ellos asesinó a mi mejor cliente porque entró en la habitación del guapito y su esposa.

—¿Me está hablando de las personas que estoy buscando? —preguntó Malcolm sin comprender.

—Claro que sí. El guapito me dijo que la muchacha era su esposa y el otro que los acompañaba parecía ser un amigo. Por su acento, diría que era escocés.

—¿Y han pasado la noche aquí?

—Sí, y de madrugada fue cuando mataron a mi cliente.

Una idea repentina cruzó por la mente de Malcolm, pero le pareció tan retorcida que casi la preguntó con miedo.

—¿Y en qué habitaciones durmieron?

—El escocés en la más cercana a las escaleras, pero la parejita en la única de matrimonio que tenía libre.

—¿Una habitación de matrimonio? —vociferó dando con los puños en la barra.

La camarera se apartó de golpe, temerosa de ser la próxima en recibir un golpe.

—Sí —respondió tartamudeando—. Como dijeron que estaban casados les di esa habitación. ¿Acaso hice mal, señor?

—La muchacha que los acompañaba no era la esposa del joven. Es mi prometida y está secuestrada.

Un murmullo incipiente comenzó a formarse en la taberna. Los allí presentes no podían creer la historia del soldado, pero cuando este los miró de reojo uno a uno fueron callando sus voces para escuchar de nuevo.

—Lo siento, señor. Yo solo hice lo que me pidieron.

—¿La muchacha os dio a entender que estaba prisionera?

La camarera se detuvo unos instantes a pensar.

—La verdad es que no. Tampoco parecían marido y mujer. Es como si no se conocieran de nada, pero supuse que tal vez el cansancio provocaba esas caras tan mustias.

—¿Sabe qué camino han tomado esta mañana?

—No, lo siento. Se fueron temprano y no sé hacia dónde.

—De acuerdo, muchas gracias —dijo Malcolm dejando una moneda sobre la barra antes de dirigirse hacia la puerta y salir de allí.

Cuando la luz del día volvió a enfriarles la cara, Malcolm se giró hacia Doyle con una mirada cargada de intenciones.

—Ya sabes lo que hemos hablado. Confío en ti.

Doyle asintió y montó sobre su caballo, alejándose de Malcolm y desviándose del camino que iban a tomar sus superiores mientras el prometido de Tyra lo miraba con una sonrisa sádica en los labios.

—Ewan Smith, has elegido mal a tu enemigo.

CAPÍTULO 10

La noche estaba a punto de caer cuando Ewan y Tyra vieron la casa del joven en la lejanía. Desde la discusión que habían mantenido y el beso apenas habían cruzado ni una sola palabra. Una parte de Tyra había deseado caminar durante todo el trayecto antes que cabalgar junto a él, pero se sentía tan cansada que estaba segura de que no habría caminado ni cien metros antes de caer al suelo, rendida. La espalda de la joven se mantuvo todo lo recta que podía a pesar de que el paso del caballo intentaba empujarla contra el pecho de Ewan, pero Tyra se esforzó como nunca para evitar tocarlo, pues lo que había sentido en su cuerpo tras ese beso le hacía temer volver a desearlo. Es por ello por lo que le dolían todos y cada uno de los huesos y múscu-los de su espalda. Rezó y deseó poder llegar cuanto antes a su destino para enderezar la espalda y alejarse del tacto caliente y seductor de ese hombre.

Tyra centró su atención al frente. Desde allí poco podía ver, pero a medida que se fueron aproximando, la joven fue consciente de la enormidad y majestuosidad de la vivienda, lo cual le hizo fruncir el ceño, pues aunque Ewan le había comentado que por culpa de Malcolm había perdido gran parte de sus propiedades, ella había pensado que tal vez se trataban de casas pequeñas o alguna que otra granja, no aquel impresionante palacio. Este estaba compuesto por tres plantas y por cuya fachada trepaba una colosal planta que llenaba de verde los espacios entre las piedras. Un jardín inmenso, antaño cuidado, rodeaba la estructura mientras que numerosas hierbas salvajes se habían apoderado del espacio ajardinado. Una fuente que parecía ser blanca presidía el centro de ese jardín, aunque se notaba a leguas que hacía años que el agua no había vuelto a brotar por la boca de los animales fantásticos que había representados en ella.

Amplios ventanales decoraban toda la fachada y una gran puerta de roble macizo coronaba la vivienda. Esta se encontraba entonces abierta y algo que parecía ser blanco pendía de la jamba de la misma. Una duda asaltó a Tyra en ese momento y es que si James se había adelantado para comprobar que todo estuviera en orden, por qué no lo habían esperado para conocer los detalles, aunque algo le decía que esa tela blanca que parecían ondear con el viento le indicó a Ewan que todo estaba en orden ya que el joven no detuvo el caballo, sino que lo azuzó para llegar cuanto antes a su hogar.

Al cabo de unos minutos, el caballo cruzó por delante de la fuente, y Tyra se sorprendió por la enormidad de esta. La joven siempre pensó que la casa de su padre era enorme y que rara vez encontraría algo más grande que eso, salvo el palacio del rey, pero ese edificio le pareció tan impresionante que sintió un escalofrío al pensar que seguramente estaría totalmente vacío y mal aclimatado para vivir.

—¿De verdad esta es tu casa o te has hecho con ella al saber que estaba vacía?

—No soy ningún ladrón si es eso lo que os preocupa —respondió secamente.

—Me preocupa más que el dueño de algo así sea un secuestrador —señaló la joven—. ¿Acaso posees algún título nobiliario?

Tyra giró a cabeza para mirarlo y, aunque fue solo de reojo, descubrió el gesto de decepción en la cara del joven.

—Gracias a vuestro querido prometido soy uno más del reino. Ya no poseo título.

—¿Eras barón o señor de estas tierras? —preguntó con verdadero interés.

—Era el duque de Norfolk —dijo con seriedad.

Tyra estuvo a punto de caerse del caballo cuando intentó girar el cuerpo hacia él, pero gracias a la rapidez con la que Ewan reaccionó al llevar la mano a la cintura de la joven, esta logró mantener el equilibrio.

—¿Duque de Norfolk? ¿Ese es el título que dices que Malcolm te quitó?

Ewan asintió seriamente, sorprendido por la exaltación de Tyra. La joven se giró de nuevo hacia adelante y frunció el ceño mientras recorrían los últimos metros antes de llegar a la casa. Tyra había oído hablar alguna vez del ducado de Norfolk, pero jamás lo había hecho por boca de su prometido. ¿Cómo y por qué iba a esconderle ese título a la joven después de su compromiso? ¿Y su padre era consciente de ese título? Tyra intentó llevar a su mente los pocos recuerdos en los que había hablado con su padre de Malcolm y jamás le había comentado algo parecido, y estaba segura de que su padre jamás le ocultaría una información así. Al contrario, alardearía porque su hija iba a casarse con un duque e iba a escalar puestos en la sociedad.

Tyra estaba a punto de volverse hacia Ewan cuando una sombra apareció al frente, saliendo de la casa, provocándole un escalofrío y un sobresalto al verlo, pues no esperaba encontrárselo de golpe.

—¿Todo en orden, amigo? —le preguntó Ewan mientras desmontaba.

—Sí, no ha pasado nadie por aquí ni los alrededores. La casa sigue como la dejamos.

—Perfecto. —Le entregó las riendas—. Lleva el caballo a las cuadras.

James asintió y antes de marcharse dirigió una mirada cargada de odio a Tyra, lo cual hizo encogerse aún más a la joven. Desde que ese hombre los había dejado para adelantarse a ellos, Tyra se había sentido más ligera y, aunque no podía moverse con total libertad, sí que al menos había podido disfrutar del silencio y la tranquilidad del paisaje, algo que con James era imposible, ya que sus gestos y malas caras la ponían nerviosa y todo el tiempo tenía la sensación de que iba a ocurrir algo malo.

—Vamos dentro —le ordenó Ewan tirando del brazo de la joven.

Tyra se dejó guiar un par de metros, pero cuando la sombra de James se perdió, la joven tiró de sus brazos para deshacerse del amarre de Ewan.

—Puedo caminar sola —dijo con rabia—. No hace falta que me trates como si fuera un saco de estiércol.

Tyra arrugó la frente al ver que tras sus palabras una pequeña sonrisa de lado se dibujó en los labios del joven.

—¿Se puede saber qué te hace gracia? —preguntó, enfadada—. ¿Te ríes de mí?

—Sí. —Se giró para mirarla de arriba abajo—. No sois un saco de estiércol, pero vuestra ropa huele como tal.

Tyra se quedó parada en el sitio con el estómago encogido. Nunca nadie se había atrevido a decirle que olía mal, ya que la higiene era algo que llevaba al dedillo desde que era pequeña.

—¿Cómo te atreves a decirme que huelo mal? —preguntó elevando la voz—. Soy Tyra Stone, hija del barón de Nottingham, y no te consiento que me trates de esta manera solo porque soy tu prisionera. Merezco un respeto.

—Solo he dicho la verdad, lady Stone —su apelativo sonó con cierta socarronería—. Y ahora, seguidme.

—No pienso ir a ningún lado. No voy a dar ni un solo paso más. Si piensas que voy a ser una prisionera cortés y mansa estás muy equivocado. Te voy a amargar la vida mientras mi presencia sea obligatoria en esa maldita y fría casa.

Ewan se giró por completo hacia ella, sorprendido por su arranque de valentía, y se aproximó a ella lentamente.

—¿En presencia de James también seréis valiente?

Consciente de su debilidad ante el escocés, Tyra tragó saliva y apretó los puños mientras daba un paso hacia atrás.

—¿Por qué ya no me tuteas? —preguntó intentando desviar el tema.

Ewan sonrió y volvió a dar unos pasos hacia ella, llegando a acorralarla contra la pared.

—He cambiado de opinión. —Después apoyó las manos a cada lado de la cabeza de Tyra—. ¿Me podríais explicar qué es eso que vais a hacer mientras tenga el honor de que vuestra presencia inunde mi hogar?

—He dicho que te voy a amargar la vida —respondió casi tartamudeando.

De nuevo, la cercanía de Ewan la ponía nerviosa. Su olor varonil llegó a inundar sus sentidos y la distrajo de sus pensamientos, olvidándose de lo que iba a decirle y llevando su mirada hacia los labios del joven, que parecían llamarla con insistencia a medida que este acortaba distancias.

—Me alegra que seáis tan valiente, lady Stone, pero os recuerdo que estáis en mi casa, secuestrada y sin posibilidad de que nadie venga a por vos.

—Mi padre me está buscando. Y cuando Malcolm dé contigo te matará por haberme maltratado.

La ceja izquierda de Ewan se levantó de golpe.

—¿Maltratado? ¿Puedo saber cómo os he maltratado?

—Me has obligado a pasar la noche en una taberna como una vulgar furcia y apenas he comido nada. Y por tu culpa han estado a punto de deshonrarme.

Aquella mención al incidente de la taberna hizo que los puños de Ewan se cerraran lentamente mientras intentaba calmarse.

—Eso no fue culpa mía —se defendió—. Supongo que vuestra vestimenta llamaba mucho la atención.

—¿Acaso es culpa mía que no me dejaras cambiarme de ropa antes de sacarme de mi casa casi a rastras? —preguntó indignada.

—Es verdad, fue mi culpa. Para la próxima vez que os secuestre, dejaré que os cambiéis de ropa. Lo siento.

—No habrá próxima vez, antiguo duque de Norfolk —dijo con desprecio—. Morirás antes de que llegue un nuevo día. Estoy segura de que Malcolm va a venir a por ti.

Ewan sonrió de nuevo.

—Y supongo que seréis vos quien tendrá el honor de matarme... —insinuó torciendo la cabeza hacia un lado.

—Yo no voy a hacer nada de eso —dijo con convicción.

—¿Y qué es lo que os gustaría hacer?

El silencio se hizo a su alrededor. Tyra no supo qué contestar en ese momento, pero una respuesta sí que cruzó por su mente. Los ojos de la joven viajaron de nuevo hasta los labios de Ewan, que palpitaban de deseo, provocando que los de la joven se abrieran de golpe como si quisieran ser penetrados de nuevo. A pesar de todo lo hablado y la rabia que sentía la joven hacia ese hombre, algo en su interior se retorcía y gritaba pidiendo salir para gozar de la libertad que siempre había deseado tener. De repente, las pulsaciones de su corazón se aceleraron y sus pulmones reclamaron más aire de lo normal mientras su pecho subía y bajaba cada vez más deprisa.

Tyra sentía que una fiera desconocida para ella estaba rompiendo sus barreras y luchaba por salir y para hacerle olvidar los encorseta-mientos de la sociedad que le había tocado vivir. Los sentimientos de su corazón habían cambiado y Malcolm se había desplazado ligeramente para dar paso a la ferocidad que supuraba Ewan por todos los poros de su piel. Aquella forma de ser era lo que había deseado Tyra desde hacía años y ahora que lo tenía a solo un palmo de ella y esperando una respuesta por su parte, sin saber exactamente lo que hacía, la joven levantó el brazos derecho y lo llevó a la nuca de Ewan para atraerlo más a ella y besarlo en los labios.

Sí, aquello era lo que más deseaba hacerle. A pesar de lo que su cabeza le obligaba a pensar, Tyra sentía que debía dejarse llevar por las situaciones y, aunque estaba secuestrada y no era muy ético y normal lo que estaba haciendo, lo deseaba. Lo odiaba por ello, pero no podía dejar de desear esos labios que habían despertado en ella algo tan dormido que parecía ser ahora una persona completamente diferente.

Sin saber muy bien cómo debía actuar, pues no tenía mucha experiencia con los besos, Tyra abrió sus labios y llevó la lengua a la boca del joven, explorándola con torpeza, pero con la misma pasión que habría mostrado con Malcolm si hubiera tenido oportunidad.

Un gemido se escapó de la boca de Ewan, que pegó su cuerpo al de la joven imbuido por esa torpeza de Tyra y la pasión que derrochaba. Le sorprendió ver que la joven había tomado la iniciativa en el beso, especialmente después de amenazarlo, pero aquello era lo que más le gustaba de aquella rebelde, desobediente e insumisa muchacha.

—Por Dios, mujer... —susurró contra sus labios mientras sentía que su miembro intentaba salir del pantalón.

Ewan la atrajo más hacia él, pero un movimiento cerca de la puerta lo hizo reaccionar de repente y se alejó de ella al tiempo que la sombra de James asomaba por la puerta. Ewan carraspeó y acomodó su ropa mientras su amigo se acercaba a la pareja mirando al joven y a Tyra alternativamente. Los labios de esta última estaban ligeramente hinchados y rojos, además de que su pelo estaba más alborotado que hacía unos minutos cuando llegaron a la casa. Pero fue el nerviosismo de Ewan lo que le confirmó aquello que rondaba por su mente. Sin embargo, y a pesar del odio que tenía hacia Tyra, James prefirió permanecer callado y desviar el ambiente enrarecido que se había creado en solo unos segundos.

Mientras Tyra acomodaba su ropa disimuladamente y se golpeaba mentalmente por aquel disparate cometido que la iba a llevar a arruinar su relación con Malcolm después de eso, James se giró hacia Ewan y le dijo:

—¿Has pensado algo por si aparece algún hombre de Malcolm?

Ewan asintió.

—Sí, vayamos a mi despacho.

James asintió y se dirigió solo hacia donde le había indicado Ewan. Este, mientras tanto, le señaló un pasillo amplio a Tyra y esperó a que la joven caminara hacia él.

—La tercera puerta a la izquierda —le indicó.

Tyra asintió sin mirarlo y se paró frente a la habitación. Esperó a que Ewan abriera y, sin apenas mirarlo, entró en la estancia con las mejillas aún rojas por la vergüenza. Sus ojos se abrieron desmesuradamente al ver la clase de habitación en la que se encontraba. De los cuatro muros, tres de ellos estaban llenos de estanterías repletas de libros. Algunos de ellos parecían ser demasiado antiguos mientras que otros bien podían ser ediciones actuales.

Tyra miraba de un lado a otro aún maravillada por lo que sus ojos veían. Se trataba de una habitación muy amplia con un ventanal justo frente a la puerta y era tan grande que permitía el paso de un rayo de sol que iluminaba y calentaba la biblioteca incitando a un ávido lector a coger uno de los libros y no parar de leerlo mientras se sentaba en el cojín del esconce bajo la ventana. Del techo pendía una lámpara de araña con una vela en cada uno de sus brazos mientras que en el suelo había una alfombra que debió de costarle una fortuna al comprador y que se encontraba ligeramente raída por el paso del tiempo y los zapatos de los visitantes a esa esplendorosa biblioteca.

—La gran mayoría de los libros los compró mi madre en su juventud —le explicó Ewan con voz tenue—. Siempre fue una ávida lectora y mi padre jamás intentó prohibirle ese afán.

Tyra se volvió hacia él. Desde que había entrado en la habitación se había olvidado de su presencia, por lo que cuando escuchó su voz la joven dio un ligero respingo, aunque al instante una sonrisa casi bobalicona se formó en sus labios.

—Se habría llevado bien con mi madre —le indicó—. También era muy aficionada a la lectura y nuestra biblioteca, aunque no es tan grande como esta, tiene una amplia gama de novelas románticas.

Ewan le señaló dos de las paredes.

—Estas estanterías están repletas de ese tipo de novelas.

Tyra sonrió aún más y se acercó a ver una de ellas, aunque con miedo de tocar los libros.

—A mí también me encantan, pero tengo que leerlas a escondidas de mi padre —se quejó más para sí que para él—. No quiere que nadie entre en la biblioteca, ni siquiera yo. Está obsesionado por la colocación de los libros y los adornos que dejó mi madre antes de morir, así que cuando se acuesta, entro en la biblioteca para coger uno y a veces me resulta casi imposible poder continuar la historia porque son pocos los días que puedo acceder a ella.

—Aquí podríais leer cuantos quisierais —dijo Ewan sin pensar en los matices.

Tyra se volvió hacia él y cuando el joven se dio cuenta, carraspeó incómodo y se apresuró a corregirse.

—Quiero decir que podrás leer los que quieras hasta que todo esto acabe.

Tyra asintió ligeramente decepcionada. Su mente había procesado lo que Ewan había dicho en un principio y a una parte de ella le habría encantando poder permanecer allí cuanto quisiera. Pero al instante, volvió a golpearse a sí misma. ¿Qué demonios le estaba pasando? Aquel hombre era un secuestrador que la mantenía aprisionada hasta que él quisiera, impidiéndole marcharse a su casa y reunirse con su padre y prometido, el cual apenas interrumpía sus pensamientos. ¿Por qué le pasaba eso? ¿Acaso le estaba ocurriendo lo mismo que cuando conoció a Malcolm? Se enamoró de él la primera vez que lo vio, sin apenas conocerlo, y ahora sus sentimientos estaban cambiando y dirigiéndose hacia ese hombre que tenía frente a sí mirándola tan fijamente que en lugar de producirle rechazo, le hacía sentir tal perturbación que cualquier mujer criada como ella habría puesto el grito en el cielo en caso de saber lo que pensaba. ¿Y cómo era posible que se hubiera atrevido a besarlo? ¡Ella! No podía ser. Creía ser presa de algún tipo de embrujo que su secuestrador había dejado caer sobre ella para que hiciera lo que él quisiera. Ella jamás se habría atrevido a hacer semejante cosa.

—¿Y cuándo acabará? —preguntó casi con miedo.

—Lo antes posible.

Ewan dio un paso hacia atrás para marcharse de la biblioteca y, despidiéndose con la mirada, cerró la puerta de la misma. Tyra frunció el ceño y una parte de ella estuvo a punto de saltar de alegría al ser consciente de que se quedaba sola en la habitación y podía escapar de ella en cuanto el joven se hubiera alejado de allí. Sin embargo, la furia se abrió paso en su interior cuando escuchó un suave tintineo y el sonido de una llave introduciéndose en la cerradura y girando.

—No puede ser... —susurró acortando la distancia con la puerta.

La joven tomó el pomo y lo giró, pero cuando tiró hacia ella para abrir, la puerta se quedó completamente quieta. Volvió a tirar con la esperanza de que se hubiera quedado atascada durante unos segundos, aunque obtuvo el mismo resultado, por lo que con los puños cerrados golpeó severamente la puerta.

—¡Abre ahora mismo!

Tyra escuchó una risa al otro lado de la puerta y la voz de Ewan sonó ligeramente ahogada.

—Lo siento, lady Stone. No puedo arriesgarme a que os escapéis mientras me reúno con James. ¿O me vais a decir que esa idea no ha cruzado por vuestra mente?

La socarronería con la que e hizo la pregunta molestó a la joven, que volvió a golpear con saña.

—¡Ábreme!

—Supongo que vuestro silencio hacia mi pregunta es una confirmación de vuestras intenciones, lady Stone. Un beso no va a hacer que me olvide de mis planes... Aunque debo reconocer que ha sido un gran beso, muchacha.

Los pasos lentos de Ewan se alejaron de la biblioteca, dejando a Tyra sin poder pronunciar ni una sola palabra. Ni siquiera era capaz de pensar una queja respecto a lo que le había dicho su secuestrador. En ningún momento había pensado seducirlo con el único propósito de escapar, y aunque resultaba una idea bastante tentadora, se obligó a prometerse a sí misma no volver a acercarse a él ni mucho menos besarlo.

Al cabo de unos minutos, Ewan recorrió el amplio pasillo que llevaba al despacho que había pertenecido a su padre tiempo atrás. Desde que tuvo que despedir a los sirvientes apenas le daba tiempo para recoger y limpiar la casa, por lo que aquella estancia había adquirido una pequeña capa de polvo desde la última vez que lo limpió.

James lo estaba esperando sentado en la silla que había frente a la gran mesa de roble retorneado en cuyo centro habían tallado tiempo atrás el escudo del ducado de Norfolk. Ewan se dirigió a la silla presidencial y se sentó sobre ella mientras observaba la expresión de contrariedad de su amigo.

—¿Ocurre algo, James? Parece que estás enfadado.

El aludido respiró hondo antes de soltar el aire lentamente para intentar calmar el enfado que sentía en su interior. Después, levantó la mirada y la dejó caer, cargada de odio, sobre Ewan.

—Se suponía que habíamos secuestrado a la muchacha para vengarte de su prometido.

—Y así es, James. ¿Por qué dices eso?

Este levantó una ceja y observó a su amigo largamente.

—No me negarás que la estabas besando cuando he entrado en la casa...

Ewan torció el gesto.

—En realidad era ella la que me estaba besando.

—La estabas abrazando, por Dios —se quejó James al tiempo que se levantaba ferozmente de la silla—. ¿Acaso has cambiado de planes y piensas encamarte con ella? ¿De verdad crees que voy a creerme esas palabras después de haber visto durante estos días cómo la mirabas? Yo también soy hombre y me he dado cuenta de lo hermosa que es, pero no olvido que es prometida de Malcolm, lo cual me hace odiarla tanto como a él.

—Ella no tiene la culpa de lo que él me hizo —la defendió mientras se levantaba y rodeaba la mesa para acercarse a James—. Hay que ser justos con la muchacha. Sí, es la prometida de mi enemigo, pero es tan inocente como lo era yo en su día.

176

—Entonces ¡libérala! —vociferó—. A este paso no me extrañaría que lo hicieras y echaras a perder todo lo que hemos conseguido.

—James, te recuerdo que fue a mí a quien acusaron de desertor y a quien le expropiaron casi todas sus tierras —dijo intentando ser conciliador, aunque sus palabras no lo fueran—. No entiendo tu actitud, amigo. Te pedí ayuda para vengarme de él porque sé lo que le hicieron a tu familia, pero parece que he conseguido que tu idea sobre mí cambie por un simple beso que no significa absolutamente nada.

James soltó una risa incrédula.

—¿Eso es cierto? ¿De verdad esa joven no significa nada para ti? —preguntó acercándose a él—. Pues vayamos ahora a rajarle el cuello a esa furcia.

Aquellas palabras le valieron un fuerte puñetazo de Ewan, que lo echó ligeramente hacia atrás al tiempo que lanzaba una maldición en gaélico.

Ewan, por su parte, sacudía la mano con el gesto demudado en dolor, arrepintiéndose al instante de haber golpeado a uno de los pocos amigos que habían seguido apoyándolo después de perder su título.

—Lo siento, James. No debí hacerlo.

El aludido giró la cabeza hacia su dirección y, tras echarle una mirada de odio, salió del despacho, dejándolo completamente solo.

James se dirigió hacia el exterior de la casa al tiempo que soltaba maldiciones y quejas. Sentía un odio inmenso en ese instante hacia la muchacha a la que habían secuestrado y hacia su propio amigo. Él siempre había estado ahí con él apoyándolo y devolviéndole todos los favores que le debía desde que había perdido a su familia a manos de alguien muy parecido a Malcolm Spears. De ahí su inquina hacia el soldado al que no conocía de nada.

Su corazón latía con fuerza. Las manos le temblaban debido al odio que sentía. Quería golpear algo, lo necesitaba. Pero debía controlarse. No podía dejarse llevar por lo que sentía. Al menos eso era lo que Ewan le había dicho siempre. Pero ahora su amigo también dejaba pasar ciertas cosas en las que antes no habría cedido ni un ápice. Entonces, ¿qué debía hacer él? Con gusto habría ido a buscar a la muchacha y le habría rajado el cuello para después enviarle su cabeza a Malcolm. Desde que la sacaron de su casa había sido consciente de las miradas que se habían lanzado el uno al otro. No era desconocedor de la atracción que había entre ellos, pero no quería que Ewan se desviara de sus propósitos, por lo que entonces odió más a la joven, pues estaba seguro de que solo hacía esas cosas para ganarse la confianza de Ewan y escapar en cuanto tuviera ocasión.

Tan metido estaba en sus pensamientos que no se había dado cuenta de que la linde del bosque estaba frente a él. Ese era muy espeso y rodeaba gran parte de la casa de Ewan, proporcionándole seguridad y privacidad.

Con paso apresurado, James se internó en el bosque para intentar encontrar la tranquilidad que deseaba. Durante unos momentos, se planteó la idea de regresar a Escocia, pues hacía demasiados años que se había marchado, pero ya no le quedaba nada allí, por lo que no podía volver, pues su casa fue quemada por el mismo hombre que asesinó a su familia.

Tras caminar durante varios minutos sin un rumbo fijo, James se paró y se apoyó en un árbol sin ser consciente de que un par de ojos lo estaban mirando desde la distancia, concretamente a solo seis metros de él. James no había mirado a su alrededor cuando se acercó a esa parte del bosque, por lo que no vio que un hombre vestido con casaca roja estaba acercándose a la casa sigilosamente para evitar ser visto por los secuestradores de Tyra. Por ello, cuando descubrió que uno de ellos se acercaba a él peligrosamente, se escondió tras el fuerte tronco de un árbol cercano.

Desde allí escuchó maldecir y lanzar exabruptos hacia Ewan Smith y la muchacha que tenían prisionera, por lo que una amplia sonrisa se dibujó en su rostro al ver que ambos secuestradores estaban enfadados, de esta manera, el plan urdido por Malcolm sería más fácil de llevar a cabo de lo que había pensado en un principio.

El soldado comenzó a caminar lentamente hacia el hombre. Este le estaba dando la espalda, por lo que no era consciente del peligro que tenía tras él. Doyle sacó la pistola del cinto y apuntó hacia el secuestrador, aunque sin llegar a amartillarla para evitar ser descubierto antes de tiempo. Una sonrisa sádica se dibujó en su rostro y, segundos después, el cañón de su pistola se apoyaba contra la cabeza del recién llegado.

James sintió como si su corazón se parase al instante. Tan metido estaba en sus pensamientos que no había visto el peligro que tenía tan cerca de él. Y ahora sí, escuchó los pies de esa persona mientras pisaban la hierba para rodearlo y encararlo. Y cuando lo tuvo frente a sí, supo que estaba muerto.

Unos ojos despiadados lo miraban fijamente mientras amartillaban la pistola y la apoyaban en su frente, pero lo que salió de su boca lo sorprendió tanto que tardó varios segundos en reaccionar.

—Tenéis algo que no os pertenece.

CAPÍTULO 11

Tyra caminaba de un lado a otro de la biblioteca. Ni siquiera se había detenido a mirar los libros que tanto le habían llamado la atención desde el principio. Era tal su rabia y odio en ese momento que habría sido capaz de tirarlos al suelo con la única intención de llamar la atención de Ewan y así escapar de ese lugar lo antes posible.

Durante todo el tiempo que había estado sola se detuvo a pensar en lo que se avecinaba a partir de ese momento. No tenía muy claras las intenciones de Ewan respecto a ella, ya que solo pretendía usarla como prenda para llamar la atención de Malcolm. Y en ese instante, en el que el nombre de su prometido llegó a su mente, Tyra se quedó quieta, como si se hubiera quedado petrificada. Caminó lentamente hacia el esconce de la ventana y se sentó sobre los mullidos cojines llenos de polvo, pero no le importó mancharse.

Las cejas de la joven estaban a punto de unirse mientras multitud de pensamientos respecto a su prometido llegaban a ella. Recordó toda la historia que le había contado Ewan y después hizo un repaso de todos sus encuentros con Malcolm, y llegó a la conclusión de que Ewan tenía razón. Había algo en Malcolm misterioso que le hizo pensar que no era la persona que quería aparentar ser. No sabía nada de que había adquirido el ducado de Norfolk y también desconocía las posibles intenciones que tenía respecto a ella. Pensó que tal vez se trataba de una estrategia para escalar más en el ejército o tal vez para hacer ver a la gente algo que no era.

Puede que Ewan tuviera razón en todo y Malcolm no la quería como había intentado hacerle ver. Sin embargo, no estaba dispuesta a darle la razón a su secuestrador después de todo lo que había sucedido, ni mucho menos tras descubrir y ser consciente de sus propios sentimientos al que había sido duque de Norfolk. No podía ser. La joven se golpeó mentalmente y se insultó a sí misma por el beso que le había dado al joven antes de que la encerrara en la biblioteca. ¿Cómo era posible que hubiera hecho eso? A pesar de los sentimientos hacia Malcolm, que ya estaban cambiando dentro de ella, Tyra odió también a Ewan al pensar que la había tratado de diferente manera desde la taberna para después cambiar su forma de ser y encerrarla en esa habitación.

Tyra pensaba que estaba jugando con ella y que solo quería seducirla para hacer más daño a Malcolm.

—Pues no pienso volver a permitirle que se acerque tanto a mí... —se dijo a sí misma intentando convencerse de que era una mala influencia para ella.

Cuando terminó de decir en voz alta aquellas palabras, Tyra escuchó el sonido de unas llaves aproximándose a aquella habitación. La joven se levantó de su asiento y miró en dirección a la puerta. Con orgullo, levantó el mentón y apretó la mandíbula justo cuando la puerta se abría.

Ewan apareció tras ella y la miró con una sonrisa socarrona.

—¿Os ha dado tiempo a leer algo?

Tyra levantó una ceja.

—¿Cómo te atreves a burlarte? —le preguntó con los puños apretados—. ¿Y cómo te atreves a encerrarme aquí?

Ewan entró en la biblioteca sin dejar de mirarla directamente a los ojos.

—Estoy cansada de tu juego. ¿No piensas que ya te has vengado de él?

—¿Que ya me he vengado? —preguntó, sorprendido—. Esto aún no ha empezado, muchacha. Aún no he visto que vuestro querido prometido os haya reclamado.

Después sonrió.

—Aunque estoy pensando que tal vez se haya dado cuenta de la persona con la que pretendía casarse y tal vez no venga a por vos...

—Él jamás haría eso. Es un hombre de honor...

Ewan rio.

—No lo tengo por tal, pero puede que venga para que su honor no se manche por una novia rebelde.

—¿Acaso me vas a echar la culpa de mi desaparición? —preguntó incrédulamente—. ¿Cómo te atreves?

—¿Y si Malcolm pensara que lo habéis engañado y os estabais viendo con otro? Esa idea me ronda desde hace unas horas... Cómo me encantaría humillarlo de esa manera...

Tyra se acercó a él con solo dos pasos.

—¡Si haces eso, mi honor también se manchará y nadie querría casarse conmigo! —vociferó—. ¡Y mi padre me mataría! ¡No querría que volviera a mi casa! No harás eso... ¿verdad?

El miedo estaba reflejado en el rostro de Tyra y Ewan era consciente de ello, por lo que, con una sonrisa en los labios, el joven siguió la broma.

—La verdad es que es mi único plan... Pero ¿qué estaríais dispuesta a hacer a cambio de algo más honroso para vos de cara a la gente?

La sugerencia que iba implícita en la pregunta enervó a Tyra y la escandalizó de tal modo que solo hizo lo primero que le pasó por la mente.

—¡Antes muerta! —gritó mientras su mano se dirigía hasta la mejilla del joven.

La bofetada resonó incluso en el vacío pasillo. El rostro de Ewan se torció ligeramente hacia un lado y al instante la mano de la joven quedó marcada en su mejilla. Un intenso picor cruzó su rostro, pero ni siquiera se molestó en calmarlo con la mano. Enseguida, volvió a mirar a Tyra y descubrió que su expresión cambió del odio a la sorpresa hasta llegar al miedo de nuevo.

Tyra temía que de ahora en adelante su secuestro se llevara a cabo de otra manera y Ewan la tratara mucho peor de lo que lo había hecho hasta entonces.

—Hay un dormitorio vacío y bien acondicionado en el piso superior —comenzó conteniéndose visiblemente—. Estaréis allí hasta que todo se solucione. No volveréis a verme. Será James quien os lleve la comida y haré todo lo que esté en mi mano para que esto acabe lo antes posible. Así que si no os importa, lady Stone —Ewan se apartó de la puerta para mostrarle el camino—, me gustaría que me acompañarais hasta el piso de arriba.

Tyra dejó pasar unos segundos mientras procesaba todas las palabras del joven. Después tragó saliva y supo que todo había cambiado minutos antes y la frialdad que mostraba ahora Ewan hacia ella se mantendría entre ellos hasta que todo llegara a su fin y se tratarían como lo que eran, secuestrador y raptada.

Finalmente, Tyra asintió y salió de la biblioteca. Después, tras cerrar la puerta detrás de él, Ewan la encaminó por el pasillo hasta las escaleras y subió tras ella. El silencio que había entre ellos resultaba abrumador y Tyra no sabía cómo tratarlo a partir de entonces. La joven sentía sobre su espalda la mirada de Ewan, pero tuvo miedo de girarse para mirarlo, pues temía que este le dijera algo salido de tono y volvieran a pelear.

Una gran parte de ella se sentía tremendamente mal por lo ocurrido y no podía dejar de pensar en ello. Ella había sido la culpable del beso en el pasillo junto a la entrada, pero también de la bofetada. Pero esto último lo había hecho por su honor. Entonces, ¿por qué se sentía tan mal? No llegó a encontrar respuesta en ese momento, ya que llegaron al piso superior y Ewan tomó el pasillo de la izquierda para dirigirla al dormitorio que le había asignado.

Cuando llegaron allí, el joven abrió la puerta y le indicó que entrara en ella.

—Tal y como os he dicho antes, James será el encargado de vuestra comida y de traer agua para asearos. Yo no volveré a molestaros.

—Pero... —Tyra no sabía qué decir. Tenía las palabras atascadas en la garganta y solo boqueaba mientras lo miraba.

No deseaba ver a James. No se habían llevado bien en ningún momento y temía que volviera a amenazarla con la daga. Sin embargo, sabía que su orgullo le impedía hablar y expresarle lo que realmente pensaba y sentía, por lo que optó por mantenerse callada y con el mentón alto sin dejar de mirar a Ewan. No estaba dispuesta a mostrarle sus sentimientos, especialmente su miedo por lo venidero. Por lo que entró en la habitación con paso decidido y se mantuvo de espaldas a Ewan hasta que este cerró la puerta a su espalda.

Tyra cerró los ojos y dejó escapar una lágrima que había luchado por salir mientras caminaba hasta allí. Su vida había cambiado tanto que hasta le había hecho cambiar a ella, su forma de pensar y de sentir, y en ese momento tenía tal torbellino de sentimientos que no podía pensar con claridad.

Desde allí escuchó los pasos lentos de Ewan mientras se alejaba de aquel dormitorio, dejándola sumida en el más absoluto silencio.

—Muy bien... —dijo la joven para sí con cierta ironía.

Tyra miró a su alrededor y descubrió que se trataba del dormitorio personal de Ewan. Una pintura del joven presidía la pared frente a la puerta, justo encima de la chimenea. En aquel retrato se representaba a un Ewan bastante joven, tal vez antes de entrar en la veintena, puede que cuando tomara el mando del ducado. Su rostro era muy diferente al que ella conocía. Sus facciones eran suaves y parecía ser muy dócil, aunque sus ojos mostraban ya la picardía que ahora tenía el joven. Le dio la sensación de estar frente a una persona diferente. En su rostro no había rastro del odio que ahora sí tenía y estaba segura de que sus preocupaciones eran diferentes al tener más dinero que ahora. En parte, Tyra se sintió culpable de lo que le había pasado a Ewan. Ella había defendido a capa y espada a Malcolm, pero ahora no estaba tan segura de los sentimientos de su prometido ni de los suyos propios.

A su derecha había una enorme cama que parecía querer mirar por el amplio ventanal que tenía justo enfrente, a la izquierda de la joven. Aquella ventana estaba en la fachada principal de la casa, por lo que desde allí podía ver el bosque cercano a la casa y a las personas que pudieran entrar o salir. Tal vez podía ver a su padre y a sus hombres acercándose cuando llegaran a la casa para rescatarla.

Lentamente, Tyra se acercó a la cama. Su cuerpo estaba dolorido y se sentía realmente fatigada y desfallecida. Hacía demasiados días que no dormía ni descansaba bien, por lo que, sin pensarlo, se tumbó sobre la cama y en apenas un minuto se quedó completamente dormida.

Ewan bajó la escaleras como si todo el peso de su cuerpo fuera demasiado para aguantarlo. Sentía que todo lo que había estado esperando durante años ahora no tenía el mismo sentido o puede que se hubiera equivocado al cambiar el plan que había estado ideando durante meses cuando conoció a Tyra. Estaba seguro de que si hubiera seguido su primera idea, ahora no tendría ese tipo de sentimientos en los que sus propios pensamientos le comían la cabeza culpándolo del posible futuro que iba a tener Tyra después del secuestro. Lo había hecho sin pensar en las consecuencias tanto para ella como para él mismo, pues no había pensado que la atracción que sintió hacia ella en su encuentro en el bosque iba a ir a más tras pasar varios días junto a ella y conocerla más en profundidad. Y lo peor de todo había sido cabalgar tras ella mientras el olor de la joven se metía una y otra vez en sus fosas nasales y lo embriagaban haciéndolo desear más.

Nadie podía imaginar cuánto se había contenido hasta llegar a su casa. Y cuando la joven se atrevió a besarlo...

—¿La has encerrado?

La voz de James le hizo dar un respingo. Ewan se giró hacia él y lo miró detenidamente. No había escuchado sus pasos en el pasillo y no estaba seguro de cuándo había entrado. Carraspeó para recomponerse y asintió.

—El único dormitorio decente es el mío, así que pasará ahí el tiempo hasta que todo termine. Serás tú el encargado de llevarle la comida y ropa limpia. En el desván hay un baúl con ropa de mi madre. Llévale algún vestido.

—¿Y tú? ¿Qué vas a hacer? —le preguntó realmente interesado.

—El pueblo más cercano está a solo un par de millas de aquí. Iré a por munición y comida para llenar nuestras reservas.

—Si quieres, voy yo —se ofreció James.

Ewan negó con la cabeza.

—No. Prefiero ser yo quien haga ahora el trabajo sucio, amigo.

—¿Cuándo vas a salir?

—Esperaré hasta mañana a primera hora. Si voy ahora no me dará tiempo a volver antes de que anochezca.

James asintió y suspiró, gesto que Ewan interpretó de otra forma.

—Ya sé que la muchacha no te gusta, pero debes quedarte con ella en mi ausencia. Y si ves que Malcolm aparece, escapad antes de que lleguen a la casa. Ya sabes dónde buscarme. No quiero que se lleve a la muchacha antes de haber pagado por todo.

—De acuerdo, amigo. No te preocupes. Confía en mí.

Ewan sonrió y le palmeó el hombro.

—Lamento el golpe de antes. No sé qué me ha pasado.

James apretó los puños disimuladamente.

—No pasa nada, Ewan. Reconozco que yo también he hecho mal al hablarte así. Te pido disculpas.

El aludido se encogió de hombros y amplió su sonrisa.

—¿Te apetece un buen vino antes de cenar?

—Cómo me conoces... —fue su respuesta.

James siguió a Ewan a través del pasillo hasta llegar al despacho. Aún no había podido soltar el lastre del odio que le había producido su pelea y aquella visión de ambos besándose. Tenía la sensación de que Ewan lo había traicionado y que no iba a ser capaz de llevar a cabo su venganza. Creí que lo había engañado todo ese tiempo y que lo había seguido para nada. Pero él no estaba dispuesto a dejarlo pasar y perder todo lo que había conseguido hasta entonces... Y si para ello debía venderse al mejor postor, lo haría.

CAPÍTULO 12

Cuando la noche cayó sobre el grupo formado por Malcolm, John y sus hombres, el padre de Tyra decidió hacer un alto en el camino. Vio en los rostros de sus hombres el verdadero cansancio y frustración por no haber podido tener ni un minuto de reposo desde que llegaron a su casa después de un largo camino. Por ello, apiadándose de ellos, John decidió parar en un valle millas antes de llegar a la granja donde estaba seguro que habían ido los secuestradores con Tyra.

—Saldremos a primera hora de la mañana, muchachos —los informó.

Malcolm se giró hacia él, ya que no sabía cuáles eran sus planes.

—¿Cómo? —preguntó intentando contener la voz—. ¿Vamos a quedarnos quietos aquí esta noche? Le recuerdo que es su hija la que está en manos de esos malnacidos.

—No se me olvida, Spears. Me encantaría estar ahora disfrutando del fuego de la chimenea en lugar de pasar la noche al aire libre.

—Pero podrían dañar a Tyra —insistió—. Debe de estar pasando un infierno con Smith. Es un desgraciado.

—Lo sé. Pero mire a mis hombres, Spears. Llegaron a mi casa después de un largo camino y en lugar de descansar recibieron la orden de cabalgar durante horas sin descanso. Les debo un respiro.

Finalmente, tras echar un vistazo a su alrededor y comprobar que los soldados estaban exhaustos, Malcolm asintió y cedió.

—Estoy seguro de que Tyra no sufrirá ningún daño —dijo John—. Si ese Smith os quiere a vos, no la dañará. Solo será un cebo para llevarte a él.

—Lo mataré con mis propias manos cuando lo tenga delante —aseveró con rabia.

—No lo dudo, Spears.

John llevó su mano al hombro de Malcolm y lo apretó con fuerza para infundirle ánimos. Desde que habían salido de su casa descubrió que el carácter de su futuro yerno había cambiado por completo. De hecho, llegó a pensar que se trataba de una persona totalmente diferente a la que él conocía. Su rostro se había endurecido y se mostraba molesto todo el rato; el que fuera antes tan hablador ahora parecía completamente mudo y apenas entablaba conversación con nadie, ni siquiera con él, y después de que su hombre de confianza desapareciera y él diera una excusa poco creíble, John pensaba que tal vez estaba escondiendo algo o que quería llevar a cabo una misión a espaldas de los demás. Por ello, no le había quitado el ojo de encima durante todo el trayecto hasta allí, fijándose en su mirada y en sus movimientos, que denotaban nerviosismo y frustración. Le dio la sensación de que a veces sentía más odio por Smith que preocupación por Tyra, aunque intentó disimular en ese momento al querer seguir el camino por salvarla.

John se alejó de Malcolm para acercarse a sus hombres, que ya estaban levantando el campamento. En sus pensamientos solo rondaba la historia que le había contado su hombre de confianza y no podía dejar de darle vueltas. Durante meses había confiado en Malcolm e incluso le había contado cosas muy importantes de su herencia, pero ahora que parecía haber algo diferente en él y unas intenciones que no tenía muy claras, John dudaba sobre si realmente debía dejar que ese joven entrara en su familia y compartiera su vida con Tyra. Su hija era un espíritu libre y aunque él había intentado cortarle las alas en más de una ocasión y la había culpado de la muerte de su madre, deseaba que Tyra se casara con un hombre que realmente valiera la pena y se preocupara por ella en un futuro cuando él ya no estuviera.

—Señor, ya hemos preparado todo —Pattinson interrumpió sus pensamientos al dirigirse a él.

John se giró hacia él y asintió.

—¿Se encuentra bien, señor Stone? —El soldado tenía cierta preocupación en el rostro.

—Sí, solo es cansancio.

—Encontraremos pronto a su hija —intentó animarlo—. Los chicos me han preguntado si hacemos algo para la cena.

—¡Por supuesto! —exclamó esbozando una sonrisa—. Id haciéndolo vosotros, primero tengo que hablar con Spears de una cosa.

Pattinson lo observó y entendió a lo que se refería, por lo que asintió en silencio y se marchó, dejándolo solo y pensando en la mejor manera de preguntarle a Malcolm si lo que se contaba de él en el ejército era cierto.

Desde su posición examinó a Malcolm y lo vio solo mientras tenía la mirada perdida hacia el camino por el que habían llegado y parecía buscar a alguien. John levantó una ceja cuando lo vio empujar a uno de sus hombres para apartarlo de su camino y cómo lo miraba después para comprobar si lo había visto, por lo que John disimuló mientras miraba algo en sus alforjas.

Después, al comprobar que no había nadie cerca de Malcolm, John ató su caballo en el árbol más cercano y se aproximó a él sin quitar la mirada de encima.

—¿Buscas a alguien, Malcolm? —le preguntó al llegar a él.

El aludido dio un pequeño respingo y se volvió hacia él, suavizando la expresión de su rostro al instante.

—No. Miraba para comprobar que nadie se acerca al campamento. Si nos sorprenden desprevenidos...

John asintió.

—Claro, un buen soldado que se precie debe vigilar alrededor y cuidar de que nadie se aproxime para atacarnos —dijo con cierta ironía.

—¿Le ocurre algo, señor Stone? —preguntó Malcolm al descubrir el doble sentido de sus palabras.

John le señaló un pequeño sendero que se alejaba a través de un pinar donde podrían hablar sin que sus hombres pudieran escuchar sus palabras.

—Me gustaría hablar contigo un momento si me lo permites —
le pidió con extrema educación.

—Por supuesto, señor Stone.

Malcolm se dirigió hacia ese sendero, no sin antes dirigir una
mirada atenta a los hombres de John, que apenas se dieron cuenta
de su ausencia al estar preparando la cena y algunos enseres para la
noche.

La oscuridad se echó sobre ellos al internarse entre los altos árboles y cuando se alejaron del campamento, el silencio también los
acompañó.

—¿A dónde vamos? —preguntó Malcolm con cierta intranqui-
lidad.

—Hasta aquí, tranquilo. Solo quería hablar contigo sin que mis
hombres nos estén molestando.

—¿Y de qué quiere hablar, señor Stone?

John fijó su mirada en los ojos de Malcolm para ver cómo reac-
cionaba a sus preguntas. No quería perderse ni un solo detalle para
evitar equivocarse en su veredicto. Por ello, formuló su pregunta de
la manera más directa posible.

—¿Es cierto que eras tú y no Smith quien pensaba desertar del
ejército?

Durante unos segundos, por el rostro de Malcolm pasaron varios
sentimientos, desde la ira a la sorpresa para terminar por mostrarse
indignado. El soldado abrió los ojos desmesuradamente y dio un paso
hacia atrás mientras se llevaba una mano al pecho y negaba insisten-

temente con la cabeza.

—Señor Stone, usted me conoce. Jamás haría algo así. Ewan me contó que pensaba dejar el ejército y volver a su vida de mujeres y fiestas. Yo intenté disuadirlo, pero su decisión estaba tomada y no quiso escucharme.

—No es eso lo que se cuenta entre tus compañeros, Malcolm. Y no solo eso —continuó—. El trato que reciben algunos de los soldados que están por debajo de ti no es precisamente de respeto.

Malcolm frunció el ceño y volvió a exagerar su expresión.

—Pero ¿quién le ha dicho semejante majadería? Todos somos compañeros y me da igual quien está por debajo de mi puesto. Nunca he maltratado a nadie.

—¿Entonces es mentira que por tu culpa más de un soldado haya recibido latigazos? ¿Y tampoco es cierto que has hecho algunas cosas poco ortodoxas y has culpado a los demás de ellas?

A cada palabra que pronunciaba John, el rostro de Malcolm se volvía más y más blanco. A pesar de la escasa luz de ese lugar, el padre de Tyra veía que el rostro de su futuro yerno cambiaba por momentos al tiempo que sus manos se cerraban y formaban puños que estaban comenzando a temblar por culpa de la ira que sentía al saberse descubierto.

—Heredaste las tierras, casas y fortuna del que había sido tu amigo gracias a tu astucia. Además, lograste quitarte a un enemigo en la escala del ejército que hacía las cosas mejor que tú y trabajaba mucho más. ¿Me equivoco?

Malcolm abrió la boca para contestar, pero estaba tan anonadado por toda la información que tenía John sobre él que no le salieron las palabras. Las sentía atascadas en su garganta y se veía incapaz de contestar a todas sus preguntas. Estaba seguro de que John pretendía acorralarlo verbalmente con toda esa información antes de negarle la mano de su hija. Realmente no la deseaba ni la quería. Tyra era para él un mero entretenimiento y juego con el que podría ganar una fortuna al heredar el título de su padre cuando este falleciera.

—Tu silencio es como una afirmación para mí, Malcolm —dijo John con cierto deje de decepción en sus palabras.

De nuevo el silencio fue su respuesta. Malcolm se llevó las manos a la cara se le dio la espalda a John. No podía mirarlo a la cara y darle la respuesta que estaba esperando. Sí, todo era cierto, y la verdad es que no se arrepentía de nada. Tan solo de una cosa, y era de no haber tenido más cuidado a la hora de llevar a cabo sus planes para evitar que lo descubrieran.

—No sé cómo no me di cuenta antes, Spears —dijo con desprecio—. Nos tratabas con tanto respeto que nunca pensé que estaba tratando con un ser despreciable que solo pensaba en destruir todo aquello que los demás habían levantado con el sudor de su propia frente solo porque tú no tienes los cojones suficientes para luchar por subir en la escala militar con tus buenas acciones. No pienso permitir que mi hija se case con un ser tan despreciable como tú, y espero que tengas claro que esta información la voy a pasar a tus superiores para que te restituyan del cargo y devuelvas a Ewan Smith todo lo que le quitaste. Y si le sucede algo a mi hija, desearás no haberte cruzado en nuestros caminos porque te acusaré a ti y no a Smith.

Aún dándole la espalda a John, Malcolm tomó una decisión que cambiaría todos sus planes. No estaba dispuesto a dejar que alguien como su futuro suegro echara a perder y consiguiera arrebatarle todo lo que había conseguido durante todos esos años. Si lo echaban del ejército, no tendría nada con lo que llenar su estómago, pues había dilapidado prácticamente toda la fortuna de su familia. Además, temía las represalias de todos los compañeros a los que habían castigado por su culpa. Por ello, con disimulo llevó su mano hacia el interior de su chaqueta y sacó una pequeña daga que guardaba en un bolsillo secreto. Después la guardó entre la manga de su chaqueta y se giró hacia John, que lo miraba con auténtico odio en los ojos.

—No dices nada, ¿verdad? Supongo que las personas como tú sois así. Hacéis todo a escondidas y luego mentís.

—No lo niego, suegro.

—He dicho que no voy a consentir que te cases con mi hija, así que no me llames así.

Malcolm sonrió y se acercó a él lentamente sin dejar de observarlo detenidamente.

—No voy a negar que he hecho verdaderas atrocidades desde que estoy en este puesto. He provocado accidentes entre compañeros, malentendidos y castigado a inocentes. Lo han informado bien, señor Stone. —La sonrisa despreocupada de Malcolm hizo sospechar a John, que frunció el ceño y observó todos sus movimientos—. Además, pensaba casarme con vuestra hija por el dinero, los títulos y las propiedades. No la quiero y no creo que jamás la quiera. Ante ella he llevado a cabo un papel que hasta yo me sorprendo de la inocencia de Tyra. La noche de la fiesta estuve a punto de errar, pero logré acertar con un regalo. ¿De verdad se ha creído mi galantería y respeto hacia ella? Cuando me case, seguiré yendo a las tabernas y frecuentando mujeres, señor Stone.

—Esa boda no tendrá lugar jamás mientras mis pies sigan en esta tierra —sentenció John elevando ligeramente la voz.

Malcolm sonrió y juntó sus manos.

—Entonces, eso tiene solución.

John solo tuvo tiempo de abrir los ojos desmesuradamente cuando vio la daga que salía de la manga de Malcolm y antes de que le diera tiempo a avisar a sus hombres, el filo de esta se clavó en su estómago.

—No tema, señor Stone. Cuando me reencuentre con su hija, pienso darle una paliza por haber pasado varias noches con un hombre que no era yo y después pienso atarla a mí para toda su vida —le dijo al oído—. Pienso hacer de su existencia un verdadero infierno hasta dejarla sin un solo centavo con el que poder comprar pan para comer y cuando esté hundida en la miseria, la voy a repudiar para irme con otra.

Acto seguido, Malcolm sacó el puñal de John y volvió a clavarlo, esta vez con más saña, en su costado, dejándolo allí hundido antes de soltarlo y ver cómo caía sobre la hierba mientras observaba con una sonrisa su expresión de dolor.

Malcolm miró enseguida a su alrededor para comprobar que los hombres de John estaban en el campamento y no los habían seguido, por lo que se aproximó con determinación hacia el árbol más cercano y, con un grito, estrelló la cabeza contra el tronco:

—¡Malnacido! —vociferaba una y otra vez mientras sentía que la sangre chorreaba por su frente—. ¡Señor Stone! ¡Auxilio!

Malcolm volvió a golpear el tronco con la cabeza y después se dirigió al cuerpo de John, que aún mantenía los ojos abiertos, pero era tal su debilidad que apenas podía lanzar una queja a pesar de tener la boca abierta para pedir ayuda. Una sonrisa sádica se dibujó en el rostro de Malcolm mientras veía cómo la muerte atrapaba a John sin que él hiciera nada por evitarlo.

—Es duro, señor Stone. Debe morir ya si no quiere meterme en un lío... —dijo clavando más la daga antes de volverse hacia el sendero y volver a gritar pidiendo ayuda.

Al cabo de unos instantes, los hombres de John hicieron su aparición, quedándose sin palabras al ver a su superior en el suelo y un charco de sangre bajo él.

—¡Rápido! —Malcolm se levantó e instó a los hombres para que cogieran el cuerpo de John y lo llevaran al campamento mientras él miraba hacia el otro lado del sendero.

—¿Qué ha ocurrido? —preguntó Pattinson acercándose a Malcolm.

—La verdad es que no lo tengo muy claro. De repente, ha aparecido un hombre y ha apuñalado al señor Stone, y cuando he reaccionado ha aparecido otro hombre detrás de mí y me ha golpeado contra ese árbol sin que pudiera hacer nada por salvarlo.

Malcolm movía las manos exageradamente y simulaba tener una expresión de aturdimiento al tiempo que caminaba de un lado a otro. Aquellas expresiones y movimientos hicieron sospechar a Pattinson, aunque se guardó su opinión para más tarde, ya que conocía las tretas de ese hombre y de lo que era capaz de hacer. Él ya sabía que su superior iba a hablar con Malcolm sobre lo que él mismo le había contado de sus acciones en el ejército, por lo que temía que al verse acorralado por el señor Stone, hubiera acabado con su vida para evitar ser descubierto. Sin embargo, solo eran suposiciones suyas y no podía señalar a Malcolm por lo ocurrido sin pruebas.

—¿Ha visto quiénes eran, señor Spears?

—Apenas me ha dado tiempo, pero creo que uno de ellos era Ewan Smith. Ese malnacido va a pagar caro lo que ha hecho...

—No lo dude, señor Spears. El culpable pagará por ello... Pero antes debemos intentar salvar al señor Stone.

—Ya debe de haber muerto —dijo Malcolm lamentándose—. Estaba muy herido. Pero no puedo dejar que esos hombres huyan después de lo que han hecho...

—¿A dónde va, señor Spears? —preguntó Pattinson al ver cómo corría hacia los caballos y desataba al suyo.

—Voy a encontrarlos y a hacerles pagar por esto —respondió antes de instar al caballo a marcharse.

—¡Espere! —gritó Pattinson, sin éxito—. Maldita sea...

El soldado se dirigió corriendo al campamento rezando para que su superior pudiera haber dicho algo sobre el ataque. Por ello, cuando volvió y descubrió a todos sus compañeros alrededor del cuerpo de John, Pattinson se abrió paso entre ellos y se arrodilló a su lado.

—Es imposible hacer nada —le dijo uno de ellos—. La daga esta clavada en el pulmón. Si la sacamos, morirá de golpe.

—¿Ha dicho algo? —preguntó mirando hacia John.

—No, pero parece que quisiera hacerlo.

Pattinson asintió y acercó su rostro al del padre de Tyra.

—Señor Stone, ¿quién le ha hecho esto?

John abrió la boca y boqueó varias veces. Los últimos estertores salían de su boca sin que pudiera confesar la verdad hasta que de sus labios logró salir una palabra muy débilmente, pero que lograron escuchar los soldados más cercanos.

—Malcolm —sentenció antes de dejarse llevar por la muerte y cerrar los ojos para por fin descansar del dolor que lo atenazaba.

Pattinson levantó la cabeza y miró al soldado más cercano.

—Preparad su cuerpo y llevadlo a su casa. Recibirá sepultura como lo que es, el barón de Nottingham. Los demás, levantad el campamento ahora mismo. Malcolm temía que el señor Stone confesara y ha huido. Debemos alcanzarlo antes de que encuentre a la señorita Stone.

Después se volvió hacia el sendero por el que había desaparecido Malcolm y susurró.

—Me subestimas demasiado, Spears. Ya es hora de que alguien frene tus pasos.

CAPÍTULO 13

Tyra apenas logró conciliar el sueño durante toda la noche. Había logrado dormir algo antes del anochecer, pero despertó envuelta en sudor frío y temblando como una hoja. Su mente estaba desorientada y tardó varios minutos en darse cuenta de todo. Pero a esa hora y a pesar del agotamiento acumulado, la joven no podía ni cerrar los ojos sin que no pudiera ver a Ewan frente a ella. ¿Qué le estaba pasando? ¿Por qué se sentía tan mal a pesar de ser ella la que estaba secuestrada y no podía tener libertad? No había podido salir de la habitación desde el día anterior y ya conocía todos y cada uno de los rincones de la estancia. Incluso se había molestado en buscar algún tipo de puerta secreta por la que poder huir de allí y escaparse, pero no tuvo éxito en su cometido. Estaba exhausta, aunque a pesar de eso, Tyra se levantó de la cama en el momento en el que el primer rayo de luz del día aparecía en el horizonte.

Desde ese primer piso no había logrado escuchar nada, ni pasos ni murmullos... Nada. Todo estaba en completo silencio, como si la hubieran dejado sola en la casa. Pero sabía que no era así. A última hora de la tarde, James había aparecido en la habitación, tal y como le había prometido Ewan, con una bandeja en las manos y un vestido colgando de su antebrazo.

—¿No va a subir Ewan? —le preguntó para cerciorarse de que las palabras del joven no se habían quedado en una mera promesa sin cumplir.

El escocés le dedicó una mirada cargada de odio y en completo silencio y sin tan siquiera explicarle nada de la prenda, dejó la bandeja sobre una mesita y el vestido sobre la cama, marchándose después y dejándola sola con el estómago encogido.

La luz entró por la ventana de la habitación y dio de lleno sobre Tyra, que se había apoyado en la jamba de la misma, y en la bandeja, aún repleta de comida que no había podido tocar la noche anterior por falta de apetito. Los ojos de la joven se dirigieron hacia el jardín y le entristeció verlo tan descuidado. Supuso que tiempo atrás debió de ser precioso, lleno de flores y una fuente llena de agua y en constante movimiento. Ahora todo ofrecía un paisaje desolador, como si la casa estuviera abandonada, aunque por la limpieza en la habitación de Ewan llegó a la conclusión de que esa era su única casa y vivía en ella.

Tyra suspiró, cansada, mientras se apartaba de la ventana y se dirigía hacia el vestido que le había llevado James la noche anterior. En su rostro podía verse a leguas el cansancio y la debilidad que sentía tras varios días sin apenas comer. Pero a pesar de que la bandeja estaba llena, no tenía apetito. En su pecho se había instalado esa mañana una desazón inexplicable, como si algo hubiera ocurrido y ella desconociera, por lo que deseó que todo acabara cuanto antes y volviera a su aburrida vida y los preparativos de una boda de la cual ya no estaba tan segura de seguir queriendo, pero de la que no había marcha atrás.

La joven tomó una manga del vestido. Este se veía algo viejo, pero estaba hecho de unas telas tan finas y elegantes que no le importó que hubiera pasado de moda. El color azul de su tela conseguía relajarla y los bordados de oro de los pliegues le conferían a la prenda un valor incalculable. Sin duda, era un digno vestido para una duquesa, por lo que pensó que tal vez había pertenecido a la madre de Ewan.

Con decisión, y cansada de llevar ese camisón sucio y roto, Tyra se quitó la ropa y se vistió con ese vestido después de lavarse y asearse con el agua que había en una mesa junto a la puerta. Deseó y tuvo la esperanza de que fuera Ewan y no James quien le llevara el desayuno, por lo que se dirigió al espejo para darse el visto bueno y peinarse el cabello en una trenza que dejó caer contra la espalda. Con una sonrisa, se miró por delante y por detrás y comprobó que la madre de Ewan y ella tenían el mismo tallaje para la ropa. Así que después de eso, Tyra se sentó sobre la cama para esperar la llegada de Ewan, aunque al instante se dio cuenta de que estaba sonriendo y suspirando por una persona a la que debía odiar.

—Eres tonta, Tyra —se dijo a sí misma levantándose de la cama y paseándose por la habitación—. ¿Cómo puedes esperar que un hombre como él se fije en ti? ¿Y por qué quieres que lo haga?

La joven se hacía esas y muchas más preguntas mientras caminaba de un extremo a otro de la habitación hasta que unos pasos comenzaron a escucharse al fondo del pasillo. El corazón de Tyra se paró en ese momento para después saltar aceleradamente. Los pasos, lentos pero sin pausa, se aproximaban cada vez más, e inconscientemente se alisó el vestido y enderezó el cuerpo para recibir a quien quiera que fuera.

Segundos después, el sonido de una llave introduciéndose en la cerradura la puso aún más nerviosa y ansiosa, y cuando fue James y no Ewan quien apareció tras la puerta, el ánimo de Tyra volvió a caer estrepitosamente contra el suelo. La joven tragó saliva y dio un paso hacia atrás. El rostro del escocés denotaba algo más que nunca había visto en él, algo que no lograba descifrar, pero que le hacía parecer más peligroso que antes.

—¿Por qué no viene Ewan? Quiero que me explique cuánto tiempo me queda de estar aquí encerrada.

Para sorpresa de Tyra, James esbozó una sonrisa de lado y un sentimiento extraño la apuñaló de lleno en el pecho.

—Ewan se ha marchado antes del amanecer hacia el pueblo más cercano —le explicó—. Debemos reunirnos con él cuanto antes.

—¿Nos marchamos de esta casa? —preguntó con cierta extrañeza.

—He visto casacas rojas merodeando cerca de aquí. No quiero que nos descubran. Debemos marcharnos —dijo secamente.

Aquellas palabras del escocés provocaron un escalofrío en Tyra, especialmente cuando lo vio apartarse de la puerta para dejarle paso a la joven, que mantenía el ceño fruncido y la mente pensando rápidamente.

—¿Nos vamos a reunir con Ewan?

—¿Con quién si no? —respondió James restándole importancia.

Pero a pesar de eso, Tyra veía algo extraño en su comportamiento. Le dio la sensación de que James pretendía ser más agradable de lo normal para intentar convencerla de que debían marcharse, pero el día anterior Ewan había dejado caer que no iban a marcharse de allí y que esperarían la llegada de los soldados. Por ello, haciendo caso a su presentimiento, Tyra negó con la cabeza y dio un paso hacia atrás.

—Ewan no dijo nada de eso, y no se iría sin nosotros. Lo esperaré aquí —dijo con seguridad.

James se echó a reír y dio un paso hacia ella.

—Me temo que no entendéis vuestra posición, muchacha. No os lo estoy pidiendo. Es una maldita orden.

—Pues mi respuesta a vuestra orden es un no.

—No debéis agotar mi paciencia, muchacha... —dijo lentamente mientras acortaba la distancia—. Yo no soy tan permisivo como Ewan. Si doy una orden, esta se acata con o sin consentimiento.

—¿Y esa orden la ha dado antes Ewan?

—No tengo que daros explicaciones, muchacha —respondió sacando el puñal con el que ya la amenazó con anterioridad—. Vendréis por las buenas o será por las malas. No voy a discutir más.

James agarró del brazo a Tyra y la empujó hacia la puerta. La joven trastabilló con el bajo del vestido y estuvo a punto de caer, pero logró recomponerse con facilidad y miró hacia James, que ya se acercaba a ella con decisión, por lo que rápidamente se dio la vuelta y corrió hacia la puerta, pero el escocés fue más rápido que ella y la alcanzó en solo dos pasos, empujándola contra la pared y agarrándola del cuello con fuerza, cortándole al aire el libre paso hacia los pulmones.

—Estoy harto de ti, zorra. Ewan no debió traerte con él, pero la debilidad le hizo caer rendido a tus pies y olvidar parte del daño que el asqueroso de Malcolm le había proporcionado, dejándome a mí sin la posibilidad de vengarme de los casacas rojas como realmente quería. Él traicionó nuestra amistad al dejarme a un lado en sus planes y meterte a ti, haciendo que su debilidad fuera aún mayor al dejar que los sentimientos se abrieran paso.

—Suéltame —pidió la joven con dificultad por la falta de aire.

James sonrió y apretó aún más.

—Ahora soy yo quien tiene la oportunidad de devolverle la traición —La soltó de golpe—, llevándole a esa debilidad a su peor enemigo.

—No sé de qué me hablas —le indicó mientras tosía con fuerza y llenaba sus pulmones con dificultad.

—Ahora lo sabrás —sentenció James.

El escocés volvió a tomarla del brazo y la llevó casi a rastras a través del pasillo. Tyra se resistía con fuerza, temiendo que la matara en el jardín o cerca de la casa. Se sentía desprotegida y a merced de un hombre que solo había sentido odio y rencor hacia ella a pesar de no conocerla de nada.

—¡Déjame! —vociferó.

James se volvió hacia ella y levantó el puñal frente a su cara.

—Si no dejas de moverte, malnacida, tendré que clavar mi daga en tu cuerpo. Y no dudes de que lo haré.

Después la atrajo hacia sí y la colocó contra su pecho, llevando los labios al oído de la joven.

—O puede que me vea obligado a probar también lo que le has dado a Ewan...

—No le he dado nada —negó rotundamente.

—No es eso lo que vi ayer desde la entrada —llevó la mano libre hacia la cadera de la joven—. Si continuas dándome problemas, tendré que domar a la fiera... Y ahora ¡vamos!

La empujó hacia adelante y Tyra, por miedo a represalias, continuó caminando hasta bajar las escaleras, donde al pie de estas sintió la mano de James apretando su brazo con fuerza y conduciéndola hacia la salida de la casa.

—Cuando Ewan se entere de que lo has traicionado, te va a matar —lo amenazó.

—Para entonces, ya estaré muy lejos.

James la condujo hacia el caballo, al que había preparado con antelación para su salida tras la marcha de Ewan.

—¿Me llevas con Malcolm, verdad? ¿Qué te ha prometido?

—Eso no es asunto tuyo, muchacha.

—Así que es verdad que juega sucio... —se lamentó al darse cuenta de la verdadera cara de su prometido.

James sonrió.

—Me temo que el Malcolm que conoces es diferente al que en realidad es.

—¿Y entonces por qué te has aliado con él? —le preguntó intentando descubrir los motivos por los que traicionaba a Ewan.

—Por lo mismo que me movió ayudarlo a él, dinero.

James ayudó a Tyra a montar el caballo mientras la joven intentaba hacer otra pregunta, pero la voz raspante del escocés la cortó:

—¡Ya basta! No tengo que dar explicaciones.

Tyra frunció el ceño y llevó la mirada al vestido que llevaba puesto. No sabía por qué, pero una gran parte de ella sentía pena por Ewan, porque cuando llegara de nuevo a su casa, tal vez esta estaría llena de soldados que lo apresarían y no volvería a verlo jamás... Y la sola idea de que sus ojos no volvieran a ver su rostro la entristecía tanto que incluso ella misma se sorprendía. Por ello, sin pensar en lo que estaba haciendo, Tyra subió ligeramente la tela del vestido y descubrió que el bajo del mismo estaba roto por el desgaste de la tela, por ello, mientras James montaba tras ella, la joven tiró y rompió un trozo para después dejarlo caer antes de que el caballo volviera por el camino por el que habían llevado a la casa el día anterior.

Tyra echó un vistazo hacia atrás para recordar ese lugar de por vida. Al fin regresaba a casa junto a su familia y su prometido, pero algo dentro de ella estaba tan infeliz por eso que las lágrimas salían de sus ojos sin control.

Adiós, Ewan, espero que no sean crueles contigo, pensó mientras James azuzaba al caballo para que fuera más deprisa.

Malcolm había logrado despistar a los hombres de John antes

de que se dieran cuenta de que había sido él quien había asesinado al padre de Tyra. La oscuridad de la noche y su conocimiento sobre esas tierras habían hecho más fácil su huida, por lo que había ganado tanto terreno que estaba a punto de llegar al lugar de encuentro en el que había quedado con su hombre de confianza antes de que este se alejara del grupo.

Cuando el sol estaba a punto de despuntar, Malcolm llegó a la linde de un bosque cercano a la casa de Ewan. Desmontó del caballo y se aproximó a pie a la zona de encuentro para evitar llamar la atención. Sabía que desde allí era imposible que Ewan los viera si estaba en casa, pero toda precaución era poca si quería ser más listo y vencer de una vez por todas a su enemigo. Y Tyra era otro problema... aunque ya tenía la solución.

—¿Doyle? —llamó a su compañero en voz baja—. ¿Dónde estás?

Malcolm caminó un par de pasos más hasta que la figura de su hombre de confianza apareció tras un árbol.

—Empezaba a pensar que no estabas —se quejó.

—¿Y perderme vuestro plan? —le preguntó Doyle con una sonrisa—. ¿Cómo os habéis escabullido de John?

—Lo he matado —respondió con voz rasposa—. Había descubierto todo lo que he hecho durante años, así que no podía dejar cabos sueltos. Había pensado en denunciarme y acabar con el compromiso con Tyra. No pienso renunciar a un título y fortuna más solo por un hombre.

—¿Y sus hombres? ¿Creéis que nos seguirán?

—El viejo estaba casi muerto cuando lo han encontrado. No podía hablar... Así que tenemos vía libre.

—Perfecto. Tengo algo que os gustará, Malcolm. —El aludido esperó pacientemente a que hablara—. Ayer di con el hombre de Smith. Durante un momento pensé en matarlo, pero he llegado a un acuerdo con él. Lo mueve el dinero, así que no tardará en venir con la muchacha.

—¿Y Ewan? Quiero ser yo quien lo mate...

—Se ha quedado solo. Ahora no tiene a nadie que lo defienda. Usted gana.

Una sonrisa maquiavélica se dibujó en los labios de Malcolm. La verdad es que se sentía realmente nervioso. Después de toda una noche cabalgando sin parar para evitar a los soldados de John y ahora que veía más cerca el final de todo aquello, el joven tenía el estómago lleno de nervios por llevar a cabo lo que había estado cavilando durante toda la noche. Ya nadie podría arrebatarle a Tyra y su riqueza, pues se había quedado sola con la muerte de su padre, por lo que podría comenzar a derrochar su fortuna en menos de lo que había esperado, por lo que tendría que darle las gracias a Ewan por haber precipitado las cosas.

Un sonido en la lejanía llamó la atención de ambos. Al instante, sacaron sus pistolas y apuntaron hacia el sendero por el que se aproximaba el caballo de alguien. Y cuando Malcolm vio en la distancia de quién se trataba, la sonrisa de sus labios se hizo aún más amplia.

Tyra se limpió las lágrimas al cabo de unos segundos. No estaba dispuesta a dejar que James viera la debilidad que sentía en ese momento. Estaba enfadada, muy enfadada por cómo se estaban desarrollando los acontecimientos. Después de haber abierto los ojos respecto a los malvados actos que su prometido había cometido y tras haber hecho caso a su corazón en lugar de a su cabeza en el tema con Ewan, Tyra deseaba romper con todo lo que había conseguido hasta entonces y vivir una vida muy diferente a la que le esperaba. Incluso había tenido esperanza de que Ewan le declarara un amor que había nacido dentro de ella durante esos días. A pesar de estar segura de que amaba a Malcolm, con Ewan había conocido otro tipo de vida, de amor, incluso de amistad entre dos personas de diferente sexo, conversaciones nada convencionales... Había abierto los ojos a un nuevo mundo. Y eso le gustaba. Pero en ese momento se encontraba a lomos de un caballo que la llevaba de vuelta a su padre y a su prometido, a su antigua vida. Una vida aburrida llena de fiestas y convencionalismos que no iban con su forma de ser.

—Ahí están —dijo James a su espalda.

Tyra salió de sus pensamientos y dirigió su mirada al frente. La joven entornó ligeramente los ojos para ver de quién se trataba y descubrió que había un desconocido y Malcolm. Este los observaba con la cabeza ligeramente agachada y sus ojos fijos totalmente en ella, descubriendo Tyra bajo ellos una negrura que no había visto jamás.

El rostro de Malcolm le provocó un escalofrío que le recorrió por completo el espinazo. No parecía ser el mismo caballero de hacía solo unos días que la había besado castamente en el jardín de su casa, ni el mismo que la había acompañado en incontables ocasiones a dar un paseo por sus tierras. Ahora parecía ser una persona despiadada, fría y calculadora con el que acababa de confirmar que no estaba dispuesta a casarse con él.

—Espero que obtengas tu merecido —le deseó Tyra a James a diez metros de su objetivo.

—Tranquila, muchacha. Después de dejarte junto a tu querido prometido, me marcharé. Nadie me encontrará.

Tyra guardó silencio mientras su corazón comenzaba a cabalgar aún más deprisa que el caballo sobre el que iba montada. Estaba tan nerviosa que sentía que su estómago iba a expulsar la poca comida que había probado el día anterior. El encuentro con Malcolm no era el que había esperado el primer día. Pensó que iba a aparecer como los caballeros que salían en los libros de amor que había leído para salvarla de las garras del malo, pero no había sido así, sino todo lo contrario: el malo no lo era tanto y el bueno había dejado constancia de sus malas acciones. Y en ese momento se sentía perdida.

—¡Por fin te encuentro, Tyra! —fueron sus primeras palabras cuando la vio llegar y el caballo paró frente a ellos.

Malcolm se aproximó a ellos y ayudó a Tyra a bajar del animal al mismo tiempo que James también desmontaba. Sin embargo, lo que ocurrió a continuación, rompió el corazón de Tyra en mil pedazos.

Tras echarle una mirada de arriba abajo, Malcolm modificó su rostro al instante y le propinó una sonora bofetada a la joven, que le hizo dar un paso hacia atrás debido a la fuerza con la que le había golpeado.

—Eres una vulgar fulana —El tono en las palabras de Malcolm

214

denotaba auténtico odio, algo que no entendía en absoluto.

Tyra se llevó la mano a la mejilla, justo donde palpitaba y no pudo evitar una expresión de sorpresa en su rostro. No esperaba un recibimiento así, sino al contrario, desesperación y preocupación por estos días en los que había estado secuestrada, pero ¿aquello? Ni en sus peores pesadillas. Lentamente, como temerosa por recibir otra bofetada, Tyra levantó el rostro. El silencio se había extendido a su alrededor, ni siquiera los pájaros cantaban, ni el viento soplaba. Todo parecía haberse quedado paralizado.

—¿Te lo has pasado bien estos días, querida? —preguntó con sorna.

Tyra tragó saliva. ¿Acaso la estaba culpando de lo sucedido?

—¿A qué te refieres, Malcolm? —preguntó temblando de miedo.

El joven esbozó una sonrisa de lado y dio un paso hacia ella, aunque Tyra, inconscientemente, se echó hacia atrás.

—¿Huyes de tu prometido? —le preguntó con odio—. Me refiero a si te has acostado con Smith. Por lo que tengo entendido, os dieron una habitación de matrimonio en aquella apestosa taberna...

—Malcolm, jamás lo hubiera hecho. Estaba secuestrada. ¿Qué podía hacer? —La joven caminó hacia atrás hasta que su espalda se topó con un árbol, aunque aquello no frenó al soldado.

—¿Qué podías haber hecho? Escapar.

—¿Crees que no lo intenté? —lo cortó—. Pero no pude.

Malcolm negaba con la cabeza. Por primera vez en días, Tyra sentía verdadero miedo. Ni siquiera había tenido tanto cuando James la amenazó antes de entrar en la taberna, ya que Ewan se había tomado la molestia de defenderla, pero allí no había nadie que pudiera hacerlo. Estaba sola a merced de tres hombres que parecían culparla de lo sucedido. Y el hecho de que uno de ellos fuera el hombre al que creyó haber amado durante tantos meses, le hacía tanto daño que el amor que pudiera haber tenido hacia él se acababa de terminar en ese momento.

Con el rostro imbuido en odio, Malcolm agarró el mentón de Tyra y la obligó a levantar la cabeza para mirarlo.

—Claro, una zorra como tú prefería estar a merced de Ewan Smith en lugar de regresar junto a su prometido.

—¿Pero qué dices?

—¡Cállate! —le gritó—. Pero si crees que por eso me voy a quedar sin tu preciosa fortuna, estás muy equivocada.

—Cuando mi padre se entere de que me has golpeado, romperá nuestro compromiso.

Malcolm entonces se echó a reír, algo que secundó Doyle para sorpresa de James y Tyra, que no sabían lo que había sucedido con John.

—No creo que tu padre pueda negarse a nada a partir de ahora.

—¿A qué te refieres? —preguntó Tyra con miedo.

Los dedos de Malcolm se hundieron en la suave carne de Tyra y apretaron con más fuerza hasta que la joven lanzó un gemido de dolor.

—Tu padre está muerto, querida. Ahora eres mía.

216

—No... Desgraciado —vociferó Tyra con sorpresa intentando apartarlo.

La ira se apoderó de ella al ver la verdad en sus ojos. Deseaba golpearlo, hacerle daño, ver cómo su sangre regaba la tierra bajo sus pies, pero solo consiguió ganarse otra sonora bofetada que estuvo a punto de hacerle perder la conciencia. Un asqueroso sabor a hierro se internó en su boca, provocándole una arcada y comprobando que era su propia sangre la que caía en ese momento sobre la hierba. Una grieta se había abierto en su labio inferior, provocando que la sangre fluyera y resbalara por su mentón hasta su moderado escote.

—Me alegro de que le deis su merecido a esta furcia, señor Spears —dijo James con una sonrisa en los labios—. Si no le importa, me gustaría que me pagara lo que su hombre y yo acordamos ayer.

Sin apartar la mirada de Tyra, que estaba doblada sobre sí misma, mareada, Malcolm levantó aún más la cabeza hasta que se giró hacia James, que esperaba pacientemente su recompensa.

—Por supuesto. Lamento la tardanza, pero tenía que arreglar unos asuntos con mi futura esposa.

Al escuchar esas palabras, Tyra se incorporó lentamente mientras intentaba limpiar la sangre que caía por su rostro. La joven vio como Malcolm se acercaba lentamente a James con una sonrisa amable en sus labios. Después, apoyó su mano izquierda en el hombro de James y con la mano derecha sacó de nuevo su pistola. Con un rápido movimiento, la amartilló y antes de que James pudiera reaccionar, le disparó directamente en la cabeza.

Tyra lanzó una exclamación de sorpresa y miedo antes de girarse y darle la espalda a aquel cuerpo, cuyo peso escuchó caer sobre la hierba.

—Escóndelo como puedas entre los árboles —escuchó que decía Malcolm—. Antes de matar a Smith, Tyra y yo tenemos que arreglar una cosa. Reúnete con nosotros en la capilla de Saint Giles.

—De acuerdo.

Tyra frunció el ceño y miró a Malcolm a los ojos cuando este se giró hacia ella y se aproximó.

—No pienso casarme contigo. No eres aquel del que me enamoré y nunca llegarás a ser como Ewan —dijo para hacerle daño.

Malcolm agarró del pelo a Tyra y le levantó la cabeza para acercarse a su cara.

—Por tu bien espero que sigas siendo virgen. Este mediodía, cuando ya seamos marido y mujer, pienso hacerte mía las veces que desee.

Tyra intentó soltarse, sin éxito.

—Ni mi cuerpo ni mi alma te pertenecen. Mi corazón es de él, no tuyo.

—Maldita zorra... —vociferó levantando de nuevo la mano para golpearla. Sin embargo, a medio camino paró en seco y la empujó hacia el caballo—. Tus palabras te saldrán muy caras... te lo aseguro. A ver si sigues siendo tan valiente después de que te haga mía... Tendrás dolores por meses, querida.

Y empujándola contra el caballo, la obligó a montar en él para dejar aquellas tierras tan cercanas a la casa de Ewan, aunque con la esperanza de que el antiguo duque de Norfolk no se olvidara de ella y fuera él su caballero andante que iba a rescatarla de las garras del malvado de Malcolm. Y sin que este lo viera, volvió a dejar caer otro trozo de tela al suelo con la esperanza de que alguien lo encontrara y la sacara del infierno al que estaba condenada.

CAPÍTULO 14

Ewan había salido de su casa unos minutos antes del amanecer. Apenas había dormido nada durante toda la noche, pues no había podido dejar de pensar en la mujer que seguramente estaba descansando en la comodidad de su dormitorio. Le había encargado a James que fuera él quien la atendiera y no estaba seguro de si había sido una buena elección. Sabía que su amigo no la soportaba, y menos desde que los había descubierto besándose, por lo que temía por la seguridad de la joven. Sin embargo, no había sido solo por su pelea el motivo por el que había tomado aquella decisión, sino que lo había hecho por él mismo y por Tyra. Ewan sentía como si tuviera un nudo atado en su estómago que lo empujaba irremediablemente hacia la joven desde el momento en que la conoció, por ello tenía la necesidad de dejarla a un lado y no verla hasta que todo acabara y se despidiera de ella para siempre, lo cual le producía un sentimiento interno de pérdida desconocido para él.

Pero tenía que ser así. ¿O no? Ewan sacudió la cabeza cuando aquella pregunta apareció en su mente. Debía centrarse en el camino por el cual cabalgaba en ese momento y su cometido en el pueblo.

Había recorrido mucha distancia desde su casa y estaba a punto de entrar en la mitad del camino, pero un rayo pareció atravesarlo en ese momento, haciéndole sentir algo extraño en su interior.

Con el ceño fruncido, Ewan detuvo al caballo y respiró hondo. El dolor en su pecho no parecía querer marcharse y ese hilo que tiraba de él hacia Tyra volvía a reclamar su atención, aunque esta vez con más insistencia. El joven miró hacia atrás, echando un vistazo hacia el camino recorrido hasta entonces y, con la duda aún sobre él y sin entender por qué, Ewan decidió regresar a su casa. Sentía que Tyra estaba en peligro y pensó que tal vez los soldados de su padre o los de Malcolm habían llegado a su casa, poniendo a Tyra en peligro.

Ewan sentía que su corazón estaba encogido por el miedo; un miedo atroz que no había experimentado nunca y que lo animaba a seguir hacia adelante, olvidándose del motivo de su marcha hacia el pueblo más cercano.

—Vamos —le susurró al caballo—. Demuéstrame tu rapidez, muchacho.

Y como si el caballo lo hubiera entendido a la perfección, aumentó la marcha. Pero a pesar de eso, Ewan sentía que la distancia recorrida hasta entonces era más larga de lo que en un principio le había parecido. Deseaba llegar a casa lo antes posible para que su corazón descansara y comprobara que todo estaba en orden, e incluso pensó en llevarse a Tyra con él para evitar encontronazos entre ella y James, además, así la volvería a tener cerca de él y sentiría su tacto y olor.

Cuando por fin en la lejanía vio el edificio que conformaba su hogar, Ewan estuvo a punto de saltar de alegría. Recorrió con la mirada todo el terreno circundante y no descubrió nada extraño que le hiciera pensar que los soldados estaban por allí o que tal vez habían saqueado su hogar en busca de Tyra. Y cuando llegó al frontal de la casa y descubrió que todo estaba en completo silencio, Ewan no dudó en sacar su pistola del cinto y desmontar. Lentamente, se aproximó a la puerta y la abrió, descubriendo que esta se encontraba totalmente abierta y no había tenido problemas para penetrar en el pasillo de entrada.

Su corazón latía con fuerza. Tenía la extraña sensación de que algo había ocurrido en el poco tiempo que había transcurrido desde su marcha y aquel silencio era tan abrumador que le daba la sensación de que en cualquier momento iba a aparecer alguien por detrás y le dispararía. Sin embargo, tras ir una a una por las habitaciones, descubrió que no había nadie. Ni siquiera escuchaba ruido alguno de James o tal vez de Tyra desde el dormitorio. La casa parecía estar abandonada.

—Pero ¿qué demonios ha ocurrido aquí?

Ewan frunció el ceño y se dirigió con paso rápido hacia el piso superior. Debía comprobar que Tyra estaba en perfecto estado, pero cuando llegó arriba y descubrió que la puerta de su dormitorio estaba completamente abierta y sin signos de violencia, una idea en su interior comenzó a darse forma.

—No puede ser... —susurró mirando a su alrededor.

El joven miró a su alrededor y vio el camisón de Tyra a un lado y supuso que se había cambiado de ropa y se había puesto lo que James le había llevado del baúl de su madre. Pero todo lo demás estaba en orden. El cerrojo de la puerta estaba intacto y sin signos de haber intentado romperlo y recordó que el de la puerta de entrada también estaba así. Por ello, la idea que tenía en mente no hacía más que dar vueltas a pesar de no querer creerla. Hasta que Tyra apareció, su amistad con James había sido perfecta, pero en el momento en el que la joven apareció, su rostro cambió y parecía enfadado todo el tiempo. Y desde que los descubrió besándose... Pero no podía ser. No quería creerlo.

—James no... Él no puede traicionarme...

Ewan apoyó las manos en la pared mientras intentaba pensar con claridad. Solo tenía esa opción, pues si los soldados hubieran descubierto a James, habrían roto algo o lo habrían esperado allí para apresarlo o matarlo.

Con los nervios a flor de piel, Ewan salió del dormitorio con la intención de buscar alguna pista que le indicara el paradero de Tyra. A cada segundo que pasaba estaba más seguro de que James se la había llevado y que tal vez se encontrara en peligro. No podía dejar que algo le sucediera a la joven, ya que no se lo perdonaría jamás. Su seguridad dependía de él y sentía que le había fallado al no estar ahí para darse cuenta de los planes del que consideraba su amigo. ¿Por qué todos lo traicionaban?

Ewan apretó con fuerza la culata de la pistola y bajó las escaleras de dos en dos. Después se dirigió hacia el jardín para intentar ver si había huellas de caballo en la tierra o algo que le indicara el camino tomado por James. Desesperadamente y cada vez más nervioso, Ewan caminó de un lado a otro sin poder distinguir huellas de caballo, pero cuando se aproximó a la fuente, descubrió algo que llamó su atención y en lo que no había reparado hasta entonces. Un trozo de tela estaba enganchado en unos hierbajos y a solo un metro de él, las esperadas huellas de caballo hicieron su aparición.

—Te tengo, desgraciado —dijo con los dientes apretados y envuelto en odio.

El joven silbó a su caballo y cuando este llegó a él, Ewan lo montó y clavó las espuelas para cabalgar lo más deprisa posible. Debía encontrar a Tyra cuanto antes y evitarle el daño que pudiera infringirle James sin él a su lado para defenderla.

Al cabo de quince minutos, Ewan había recorrido cierta distancia cuando vio algo varios metros por delante de él. Su corazón comenzó a latir con fuerza, pues durante una fracción de segundo pensó que era el cuerpo de Tyra en medio del camino, pero no era así. A medida que se aproximaba a él descubrió la cabeza de su amigo y el cuerpo musculoso de James. Y al descubrir que tenía un tiro en la frente y todo a su alrededor estaba encharcado en su sangre, Ewan comprendió que lo que realmente estaba sucediendo era más complicado de lo que había pensado en un principio. Creía que el odio de James hacia Tyra lo había hecho sacarla de la casa y llevársela para hacerle daño, pero Tyra no habría podido dispararle con tanta precisión en caso de haberse hecho con una pistola. Alguien más debió de estar ahí para llevarse a la joven, por lo que llegó a la conclusión de que su amigo había estado en contacto con los hombres de Malcolm o con él mismo en persona.

—¿A dónde os la habéis llevado? —preguntó en voz alta mientras observaba detenidamente el terreno.

Al cabo de unos instantes, las huellas de un par de caballos seguían el camino y se alejaban de allí en dirección a la capilla de Saint Giles.

—Por favor, que no sea cierto... —susurró cuando la idea de que Malcolm iba a casarse con Tyra cruzó por su mente.

Montó el caballo y siguió las huellas con rapidez. Después de lo que había visto y sentido al pensar que perdía a Tyra, no estaba dispuesto a dejarla en manos de Malcolm. Si la joven había visto cómo asesinaban a James frente a ella, puede que no quisiera regresar al lado de Malcolm. Tenía que hacerle ver la maldad de su prometido antes de que fuera demasiado tarde. Si no lo conseguía, la perdería para siempre.

Tyra no podía escapar de ninguna manera. La tosca garra de Malcolm se había posado en su cadera y la mantenía pegada a él con fuerza. Tanta que a veces pensaba que iba a cortarle la respiración.

Durante una parte del recorrido, sus ojos no habían podido evitar que lloraran la pérdida de su padre. A pesar de su extraña relación de amor-odio con él, Tyra lo había querido durante toda su vida, y ahora que no estaba se sentía desamparada. ¿Quién si no él iba a sacarla de aquella situación? Ya no tenía a nadie que cuidara de ella, y después de lo que había visto, sabía que Malcolm tampoco la iba a cuidar, sino más bien lo contrario, o así se lo había hecho ver. Aquella persona que ahora cabalgaba con ella no era el hombre del que se enamoró. De hecho, le daba la sensación de no conocerlo en absoluto. Y sentía miedo. La había golpeado y le había prometido hacer con ella lo que deseara una vez fueran marido y mujer. Eso no era lo que ella había esperado de un matrimonio y menos que fuera obligada a llevarlo a cabo.

La sucia mano de Malcolm acarició lentamente su vientre, algo que le produjo tanto asco que intentó apartarla, pero sin éxito. Su prometido se mantuvo firme y clavó los dedos en la suavidad de su carne.

—Si descubro que el traidor de Smith te ha tocado, desearás no haber nacido —dijo contra su oído.

—Te odio, Malcolm —le dijo con lágrimas en los ojos—. Y me das asco como nunca nadie lo ha hecho. Antes me casaría con un pordiosero que hacerlo contigo.

A pesar de su arranque de valentía, Tyra temblaba como una hoja y sabía que sus palabras le acarrearían un problema. Algo que no tardó en llegar, ya que al instante sintió que la mano de Malcolm tiraba con fuerza de su pelo, haciéndole llevar la cabeza hacia atrás en un ángulo que podría partirle el cuello en cualquier momento.

—Parece que tu secuestro te ha soltado la lengua, querida, pero no te preocupes, cuando lleguemos al catre, ya me encargaré de domar ese carácter.

Cuando su pelo quedó libre, Tyra volvió a mirar hacia adelante. Las lágrimas volvían a hacer que sus ojos le picaran en exceso, pero se obligó a no dejarse llevar por el miedo. No debía mostrarle ese sentimiento a Malcolm, ya que sabía que si era consciente de ello, se aprovecharía en todo momento de ella.

Al cabo de unos metros, la joven escuchó el sonido de unos cascos de caballo y, con la esperanza de que fuera Ewan quien es aproximaba a ellos, la joven giró la cabeza para echar un vistazo a la retaguardia, pero sus esperanzas se vieron perdidas al comprobar que se trataba de Doyle, que se unía a ellos después de haber dejado semiescondido el cuerpo de James.

—¿Lo has solucionado?

—Por supuesto. No creo que nadie lo vea —mintió descaradamente a sabiendas de que apenas había movido el cuerpo de sitio por pura pereza.

—Perfecto. No quiero contratiempos cuando lleguemos a la capilla.

Aquellas palabras le produjeron un intenso escalofrío a Tyra, que deseó con todas sus fuerzas no llegar jamás a ese lugar donde sería obligada a casarse con el hombre que más daño le había provocado en toda su vida y en cuyos engaños había caído como una tonta.

Al cabo de media hora, los tres llegaron a las inmediaciones de la capilla. Malcolm dirigió el caballo hacia la puerta y allí desmontó, tirando de la joven después con tanta rudeza que estuvo a punto de hacerle caer al suelo. Después agarró del brazo a Tyra a pesar de su negativa y tiró de ella hacia la capilla.

—Ata los caballos y ven rápidamente —le indicó a Doyle.

El soldado asintió y tomó ambas riendas para dirigirse hacia unos tablones de madera que había a dos metros de allí.

Mientras tanto, Tyra intentaba frenar su entrada a la capilla. La joven arrastraba los pies contra el suelo, haciendo que Malcolm tuviera que ir más deprisa, pero antes de llevar la mano al pomo de la puerta, este se giró hacia Tyra y la agarró del mentón.

—Querida, si sigues haciéndome enfadar lo pagarás caro. Vas a casarte conmigo aunque sea lo último que hagas, así que más te vale hacer lo que yo te diga.

—Le diré al capellán que has matado a mi padre, me has secuestrado y que no quiero casarme contigo.

—Él hará lo que yo diga si quiere seguir viviendo.

Sin más que añadir, Malcolm abrió la puerta de la capilla de un empellón y empujó a Tyra hacia el interior. Después, la siguió arrastrando hacia el altar, donde había un hombre con sotana que se había girado asustado hacia la puerta cuando esta se abrió con tanto estruendo. El fraile tenía el atuendo raído y mostraba cierta cojera al aproximarse a ellos. Su pelo estaba canoso y a su dentadura le faltaban algunas piezas. Su estatura no era muy alta y parecía estar tan débil que Tyra pensó que iba a caerse por los escalones del altar.

—Pero ¿qué está pasando aquí, señor? —exclamó con incredulidad al ver la intrusión—. ¿Cómo se le ocurre entrar en la casa de Dios de esta manera?

—Buen día, señor —respondió Malcolm con excesiva simpatía—. Esta joven y yo venimos a casarnos.

Tyra negó con la cabeza, aunque con un apretón de Malcolm, dejó de moverse al tiempo que una expresión de dolor se dibujaba en su rostro.

—¿Por qué han entrado así? ¿Y por qué la sujeta con tanto ímpetu, joven? —se sorprendió.

—Demasiadas preguntas, hombre de Dios —respondió Malcolm con voz seria—. Hemos venido a casarnos. Oficie la misa y nos iremos cuanto antes.

—Pero no puedo hacerlo, soldado —dijo con simpleza—. Antes de casar a una pareja, esta debe pasar por unos trámites, unas preguntas...

—Nosotros preferimos saltarnos todo eso —lo cortó mientras

sacaba de su chaqueta un fajo de billetes.

—Lo siento, buen hombre, pero aquí no acepto sobornos.

Malcolm chasqueó la lengua al tiempo que Doyle entraba en la capilla y se sumaba a ellos.

—¿Otro más? —se sorprendió el capellán—. Esto es muy raro. Señorita, ¿usted quiere casarse con este hombre?

Tyra se sorprendió de que le hiciera aquella pregunta. Había llegado a pensar que no se había dado cuenta de que Malcolm la sujetaba con fiereza y que su trato no había sido el correcto al pasar a ese lugar sagrado. La joven se irguió a pesar de la fuerza con la que su prometido la sujetaba, pero, armándose de valor, negó con la cabeza.

—Jamás me casaría con un desgraciado como este soldado, buen hombre.

Al instante, una sonora bofetada retumbó en la capilla, haciendo que el capellán pusiera el grito en el cielo e intentara aproximarse a la joven. Sin embargo, Malcolm fue más rápido y sacó su pistola, apuntando directamente a la cabeza del clérigo al tiempo que lo miraba a los ojos. El hombre perdió el color de su rostro y se quedó quieto con las manos en alto.

—Esta mujer y yo nos vamos a casar, quiera o no. Así que si desea seguir viviendo y cantando misa a diario, más le vale que abra el maldito libro y lea los esponsales.

Un temblor incontrolable sacudió al capellán y asintió sin poder dejar de mirar la pistola antes de dirigirse al altar y tomar la *Biblia* entre sus manos.

Tyra, por su parte, sujetaba su mejilla. Le escocía terriblemente y se sentía ligeramente mareada, pero se obligó a tener todos los sentidos puestos en lo que sucedía a su alrededor. Levantó la mirada para ver cómo Malcolm amenazaba con la pistola al fraile, que apenas podía pasar las hojas del libro debido a su temblor. Y después, la mano de su prometido dejó de aplastarle el brazo, aunque al instante sintió las de Doyle sobre ella.

—Y, por favor, sea breve —le exigió Malcolm—. No tengo tiempo que perder. Así que sáltese las partes poco relevantes y vayamos a los votos.

El capellán asintió y volvió a pasar otro par de páginas más hasta que se aclaró la voz y comenzó a recitar.

—Aquí está —dijo para sí—. Esposo y esposa, ¿venís a contraer matrimonio sin ser coaccionados, libre y voluntariamente?

Tyra levantó una ceja, asombrada por aquella pregunta, mientras que Malcolm frunció el ceño al tiempo que de su mirada parecían saltar chispas a cada segundo. El sacerdote, al darse cuenta de lo inoportuno de la pregunta, carraspeó y pasó de página con manos temblorosas.

—Lo siento —dijo enseguida mirando a Malcolm—, es la costumbre...

—¡Al grano! —vociferó el joven comenzando a ponerse nervioso.

—Sí, sí —respondió con voz atemorizada—. Debéis daros la mano derecha.

Malcolm bufó y alargó la mano para tomar la de Tyra, ya que la joven se negaba a dársela.

—Señor...

—Malcolm Spears —respondió el joven con voz cansina.

—Señor Spears, ¿queréis recibir a...?

—Tyra Stone —volvió a responder.

—¿...la señorita Stone como esposa y prometéis serle fiel en la prosperidad y en la adversidad, en la salud y en la enfermedad, y, así, amarla y respetarla todos los días de vuestra vida?

Con una sonrisa en los labios, Malcolm respondió:

—Por supuesto.

En ese momento, el sacerdote miró con pena al rostro de Tyra, que levantó el mentón con orgullo y lanzó una mirada de auténtico odio a Malcolm.

—Y vos, señorita, ¿queréis tomar al señor Spears como esposo y prometéis serle fiel en la prosperidad y en la adversidad, en la salud y en la enfermedad, y, así, amarlo y respetarlo todos los días de vuestra vida?

Todos los días... Aquellas palabras parecían haberse convertido en eco dentro de su cabeza. No sabía cuánta vida le quedaba, pero estaba segura de que muchos años por delante y una vida con una persona como Malcolm podía hacerse demasiado larga. No, no quería, pero las manos de Doyle apretaron con fuerza su brazo cuando comprobó que la joven no estaba dispuesta a contestar a la pregunta del capellán. No le importaba. Si le hubieran preguntado hacía unos días, habría contestado afirmativamente sin apenas rechistar, pero después de conocer la verdadera esencia de su prometido, confirmó que no lo quería. Su corazón pertenecía a Ewan a pesar de todo lo ocurrido entre ellos. Tal vez no volvería a verlo, y estaba segura de que el joven solo había jugado con ella para destruir a Malcolm, pero el camino de sus sentimientos se tornó hacia su secuestrador en el momento en el que se cruzó en su camino. Y no podía negarlo. Por ello, armándose de un valor que no sentía, Tyra negó lentamente con la cabeza hasta hacerlo más visible con un movimiento más fuerte.

—Creo que está clara mi postura en esa ceremonia, padre —respondió la joven—. No he venido libremente ni quiero a este hombre.

—Pagarás muy cara esta humillación, Tyra —dijo Malcolm acercándose a ella al tiempo que sacaba la pistola y apuntaba directamente a la cabeza del fraile—. Si no quieres tener sobre tu cabeza la muerte de este hombre de Dios, más te vale aceptar casarte conmigo.

El sacerdote abrió los ojos desmesuradamente, temeroso de que la joven finalmente volviera a negarse. Tyra sentía la mirada asustada del hombre sobre ella por lo que se decidió a mirarlo un segundo. Este le suplicaba que aceptara y al ver el miedo que sentía, un nudo de nervios se instaló en su garganta mientras un dolor penetrante le atravesaba el pecho.

—¿Qué contestas, Tyra? Se le acaba el tiempo a este fraile...

Finalmente, respiró hondo y cerró los ojos un instante hasta que los abrió de golpe y dijo casi en un susurro:

—Sí, acepto.

Y como si se tratara de un edificio, todos sus sentimientos y los muros de su vida se derrumbaron en mil pedazos mientras su voz parecía hacer eco entre las paredes de la pequeña capilla, recordándole a cada segundo que iba a pasar el resto de su vida junto a esa persona.

—Buena elección, querida —fueron las palabras de Malcolm mientras volvía a guardar el arma.

Tras un suspiro de alivio, el sacerdote continuó.

—Lo siento, pero debo hacer esta pregunta antes de finalizar... —se disculpó—. ¿Hay alguien entre los presentes que no esté de acuerdo con este matrimonio?

Tanto el sacerdote como Malcolm miraron de reojo a Doyle, que era el único asistente a la ceremonia, pero antes de que pudiera contestar, las puertas de la capilla se abrieron con un golpe seco, dejando entrar a un enfadado Ewan, que miró fijamente al sacerdote y dijo:

—Sí, yo.

CAPÍTULO 15

Malcolm se giró hacia él con el rostro rojo por la ira mientras que en el de Tyra se dibujó una expresión de felicidad, esperanza y agradecimiento.

—¿Quién te crees que eres para interrumpir mi boda, Smith? —La voz de Malcolm pareció tronar entre las paredes del lugar.

Ewan dio unos pasos hacia ellos y su presencia parecía llenar los huecos vacíos de la capilla. Tyra no podía ver con claridad su rostro, pero intuyó una expresión de rencor y aborrecimiento por Malcolm.

—¿Qué es lo que ha sucedido para que quieras casarte tan precipitadamente? —preguntó Ewan—. ¿A quién has matado? ¿A tu futuro suegro tal vez?

La expresión en el rostro de Malcolm fue la única respuesta que necesitaba el joven para afirmar lo que pensaba.

—Claro, el padre de la muchacha era una piedra para conseguir su título y su fortuna... —dijo irónicamente—. Qué pena que haya llegado antes para evitar que te cases con ella...

En los labios de Tyra se dibujó una sonrisa sincera y la joven creyó ver cómo Ewan le guiñaba un ojo desde su posición antes de que la joven fuera empujada contra Malcolm y Doyle se lanzara contra Ewan para pelear.

Sin que nadie lo viera, el sacerdote comenzó a caminar hacia atrás hasta desaparecer de la vista de todos a través de la puerta de la sacristía. Mientras tanto, Malcolm agarró a Tyra y la puso delante de él al tiempo que sacaba un puñal y lo ponía contra su garganta.

—Desearás no haber aparecido en la vida del señor Spears —dijo Doyle antes de lanzarse contra Ewan con una daga en la mano.

El joven logró esquivarlo a la perfección y golpeó al soldado en la espalda, tirándolo al suelo. Sin embargo, en lugar de atacarlo, esperó a que volviera a ponerse en pie mientras él también sacaba un puñal y lo sujetaba con fuerza.

—Los valores del ejército no son estos —le dijo Ewan a Doyle—. El espíritu malévolo y deshonesto de Malcolm te ha corrompido.

—¡Eres un desgraciado que solo busca manchar el buen nombre de mi superior!

Doyle atacó de nuevo, pero tropezó y cayó a los pies de Ewan, que se apartó de él con el puñal en alto.

—¡Levántate del suelo, inútil! —le ordenó Malcolm desde los pies del altar.

Doyle le hizo caso y volvió a atacar a Ewan, pero esta vez, tras haber visto que Tyra corría peligro junto a Malcolm, el joven atacó y clavó la daga en el estómago del desdichado soldado, que cayó a sus pies sobre un charco de sangre cada vez más grande.

Después de comprobar que el soldado estaba muerto, Ewan se puso en pie y caminó lentamente hacia Malcolm, que se mostraba cada vez más nervioso al verse completamente solo ante él y sin nadie que pudiera sacarlo, esta vez, del atolladero en el que estaba metido.

—Si no me dejas salir ahora mismo, mataré a esta furcia.

Ewan chasqueó la lengua, contrariado al escuchar aquella palabra, y torció la cabeza sin dejar de mirar fijamente a los ojos de su enemigo.

—¿Tan poco te importa la muchacha con la que hace unos minutos estabas a punto de casarte con ella que ahora la quieres matar? Si lo haces, no conseguirás su título jamás, que es lo único que te importa.

—¿Qué es lo que quieres, Smith?

—Que pagues por lo que me hiciste.

Malcolm rio y escupió al suelo, cerca de Ewan.

—Jamás recuperarás lo que es tuyo. Nadie creerá al desertor que ha matado al barón de Nottingham y secuestrado a su hija.

Ewan frunció el ceño al tiempo que Tyra abrió los ojos desmesuradamente.

—Yo no he matado a nadie. —Después miró a la joven—. No lo creas, Tyra.

—Yo no tengo motivos para hacerlo, pero contaré a mis superiores que para vengarte de mí lo mataste y secuestraste a su hija con el único fin de quedarte con su herencia.

—Me parece que estás contando tus propios planes. Sí, secuestré a Tyra, pero fue para acabar contigo. Su padre me da exactamente igual.

Malcolm apretó la daga contra la joven, que torció el gesto debido al dolor.

—Te repito que nadie te creerá. Ya fuiste juzgado una vez y perdiste. Tengo más contactos que tú en el ejército.

—Hazlo. No temo que lo hagas. Pagaré por el secuestro, pero no por tus crímenes.

—No denunciaré el secuestro —intervino Tyra para sorpresa de ambos—. Confesaré que me escapé.

Malcolm tiró de su pelo hacia atrás.

—Tú confesarás lo que yo te diga si no quieres pasar el resto de tu vida encerrada en nuestro dormitorio.

—¡Déjala en paz! —la defendió Ewan sin poder quitar la mirada del filo de la daga—. Si eres tan hombre como dices, suéltala y pelea con alguien como tú.

El aludido comenzó a reír. Su pecho se sacudía tanto que la espalda de Tyra rebotaba una y otra vez contra él. Al instante, mientras la risa seguía escuchándose entre las paredes de la capilla, Malcolm comenzó a hacer un corte desde el cuello hasta el escote de la joven. Tyra intentó apartar su mano. El escozor y dolor que sentía iba en aumento y temía que finalmente le clavara la daga en el corazón. Y cuando vio que Ewan intentó acercarse y llevó el puñal al centro de su pecho, cerró los ojos con fuerza esperando el golpe final.

—No te atrevas a tocarla, desgraciado.

—Vaya, vaya, Smith. ¿Acaso le has cogido cariño mientras la tenías secuestrada?

—Eso no es asunto tuyo.

Malcolm sonrió de lado.

—Así que el bueno de Ewan Smith se ha enamorado de mi prometida... —dijo arrastrando las palabras—. *Déjame decirte algo, amigo. Antes prefiero matarla que dejar que seas tú quien la toque.*

Y antes de que terminara de pronunciar aquellas palabras, Ewan sacó su pistola y apuntó a la cabeza de Malcolm y amartilló el arma justo en el momento en el que los rostros de Tyra y su enemigo cambiaron de la sorpresa al pánico respectivamente.

—¡Ewan, no! —vociferó Tyra señalando a la espalda del joven.

Lentamente, el joven se giró hacia la puerta de entrada a la capilla donde hizo su aparición el hombre de confianza de John, Pattinson, junto al resto de sus hombres. En sus manos portaban fusiles y apuntaron directamente a los allí presentes.

Ewan sintió que había llegado su fin. Lo habían cazado y todo se iría al traste. Sin embargo, los ojos de Pattinson no estaban fijos en él, sino en el rostro de Malcolm, que soltó de golpe a Tyra y mudó su faz a una más amigable al tiempo que señalaba a Ewan continuamente.

—¡Gracias a Dios que habéis llegado! —dijo *aún a espaldas de Tyra*—. *Este hombre estaba a punto de matar a mi prometida de igual modo que mató al señor Stone.*

Tyra se giró hacia él, sorprendida por aquella interpretación y a punto de ser ella quien tomara la daga y se la clavara en el corazón. Pero antes de que pudiera decir una sola palabra, la voz del soldado retumbó dentro de la capilla.

—Señor Smith, suelte su pistola, por favor.

—Este malnacido está mintiendo, soldado —respondió Ewan recordando el momento en el que Malcolm lo acusó de intentar desertar.

En ese momento, se encontraban en la misma situación que años atrás. Malcolm acusándolo de algo que no había hecho y la posibilidad de que ese soldado no lo creyera y lo llevara a juicio, solo que la gran diferencia de ese momento era que ahora había un muerto entre ellos y podía perder no solo su única posesión, sino la vida y, lo peor, a Tyra.

Pattinson avanzó lentamente hacia Ewan y levantó una mano en son de paz.

—Baje el arma, señor Smith —repitió con voz serena—. No haga que sus problemas aumenten.

—¡Ese es el asesino de vuestro superior! —vociferó Malcolm—. ¿A qué esperáis para detenerlo?

—El asesino del señor Stone no es el señor Smith, sino usted, señor Spears —sentenció Pattinson mientras levantaba la mirada hacia él—. Soltad el arma y acompañadnos, señor.

Malcolm negó con la cabeza. Tyra estaba sorprendida y anonadada por la noticia. Había estado a punto de casarse con un asesino y mentiroso que lo único que deseaba era su fortuna, no a ella. La joven se giró hacia él con el asco reflejado en su rostro y cuando estaba a punto de apartarse de él, Malcolm, consciente de su situación, la empujó contra él al tiempo que gritaba.

—¡Si no es para mí, no lo será de nadie!

El joven levantó la daga con la clara intención de clavarla en el pecho de Tyra, pero Ewan fue más rápido, sacó su pistola y disparó contra la mano de Malcolm, que soltó el arma de golpe y gritaba de dolor.

Tyra se apartó de él y miró a Ewan, asustada. Este tiró la pistola y abrió los brazos, temeroso de ser rechazado por la joven. Pero esta, con lágrimas en los ojos, se lanzó contra él y lo abrazó con fuerza, dejándose envolver tiernamente por el joven, que susurraba palabras de aliento en su oído.

—Ya está, Tyra. Ya ha acabado todo.

La joven se dejó llevar por las lágrimas y soltó todo el nerviosismo que había sentido desde esa mañana temprano. Había tenido tanto miedo de no volver a verlo que ahora que estaba envuelta en sus brazos no quería separarse de él ni un segundo. Allí se sentía cómoda y protegida por primera vez en su vida, por lo que fue consciente y confirmó de nuevo que estaba enamorada de Ewan.

Este miró a su lado cuando vio pasar a los hombres de Pattinson y dirigirse hacia Malcolm, que sangraba profusamente por la mano.

—Señor Spears, queda detenido por asesinato, coacción y perjurio contra un compañero del ejército años atrás —dijo el soldado mirando a Ewan a los ojos—. Nunca creí su historia y todo lo que ha ido haciendo a lo largo de los años ha hecho que pierda credibilidad.

—¿Cómo estás tan seguro de que ha sido él quien ha matado al señor Stone? —preguntó Ewan con curiosidad.

Tyra levantó la mirada y la clavó en los ojos del soldado, que la miró apenado.

—Fue vuestro padre quien lo confesó un segundo antes de morir. El señor Spears lo apuñaló repetidamente. Vuestro padre conocía su pasado e intentó hacerle confesar la verdad, pero Malcolm lo asesinó antes de acusarlo formalmente.

Tyra asintió y su rostro se entristeció visiblemente. Aún no podía creer que su padre estuviera muerto. Habían pasado demasiadas cosas en los últimos días y le estaba costando asimilar todo de golpe.

Pattinson se dirigió a Ewan.

—Muchos compañeros confesarán los maltratos recibidos por su parte y vuestro nombre quedará limpio, Smith. Yo mismo haré lo imposible para demostrarlo, aunque si la señorita Stone decide denunciarlo por el secuestro, tendrá que pagar...

Tyra se separó de Ewan negando con la cabeza.

—El señor Smith me ha tratado como todo un caballero. Ha sido un malentendido, no un secuestro. Además, gracias a él he descubierto la verdadera naturaleza de Malcolm además del a...

Consciente de lo que iba a decir, Tyra calló y bajó la mirada mientras sus mejillas se teñían de rojo. Pattinson sonrió y los dejó solos al tiempo que sus hombres sacaban a Malcolm casi a rastras de la capilla.

—¡Smith, voy a acabar contigo! —vociferaba—. Jamás vivirás en paz.

Tyra observaba su rostro enloquecido mientras limpiaba el pequeño rastro de sangre que cubría su cuello. Apenas era un rasguño, pero había logrado manchar la ropa que le había prestado Ewan.

—Lo siento, se ha echado a perder el vestido—dijo arrepintiéndose al instante de sus palabras.

Ewan sonrió levemente.

—No es eso lo que más me preocupa.

Tras quedarse solos a un lado del resto de hombres, Tyra miró a Ewan con intensidad. A pesar de todo lo que había sucedido minutos antes, la joven lo veía extremadamente apuesto. Su rostro estaba más relajado y parecía haberse quitado un gran peso de encima. Y aquello se reflejaba en todo él. Sus ojos brillaban m*ás de la cuenta y la miraba con tanta intensidad que las piernas de Tyra comenzaron a temblar por la emoción. La joven apenas era consciente de lo que estaba sucediendo fu*era de la capilla. Todos los soldados habían salido fuera y estaban solos en ese lugar que hasta hacía unos minutos le parecía tan sombrío.

La pena por la muerte de su padre estaba demasiado presente, pero la sola presencia de Ewan frente a ella la hacía olvidar todo. El joven parecía animarla con la mirada y no sabía qué podía decir en ese momento, pues su mente era un batiburrillo de ideas, deseos y pensamientos.

—Bueno, ahora recuperarás lo que perdiste por culpa de Malcolm.

Ewan asintió en silencio, pero sin dejar de mirarla.

—Has conseguido lo que querías.

—Hay algo que aún me falta por conseguir —dijo con la voz ronca por la emoción.

—¿El qué?

Ewan respiró hondo y acortó la distancia entre ellos para abrazarla por la cintura y atraerla hacia él para después besarla con desesperación. Tyra se mostró sorprendida al principio, pero ese beso era lo que había estado deseando desde que lo había visto entrar por la puerta de la capilla para defenderla. Por ello, las manos de la joven fueron directas a la cara de Ewan y lo sujetó con fuerza por miedo que el beso terminara y la dejara allí sola. No, ella quería más. Ewan no era ese alguien que había utilizado para compararlo con Malcolm. No. Él era más. Le había abierto los ojos y el corazón al verdadero amor, ese que no espera nada a cambio y al que se ama por encima de todas las cosas, incluso de su propia vida. Tyra se dio cuenta de que habría hecho lo que fuera por salvar a Ewan de la cárcel o incluso se habría puesto por delante de él para recibir un disparo de Malcolm si hubiera hecho falta. Lo amaba.

—A ti —le dijo Ewan contra sus labios separándose ligeramente de ella—. Lo que me falta por conseguir eres tú, muchacha.

Tyra sintió que las lágrimas inundaban sus ojos y no hizo nada por detenerlas. Las dejó caer mientras Ewan las recogía con uno de sus dedos.

—Has puesto mi mundo patas arriba y ahora no podría regresar a mi casa si no es a tu lado. Lamento todo lo sucedido durante estos días. E incluso me siento culpable por la muerte de tu padre, pero si nos hubiéramos cruzado aquel día en el bosque, jamás habría descubierto lo que siento aquí —dijo tocándose el pecho—. Nunca he buscado el amor, pero me ha golpeado con tanta fuerza que me duele y me quema. Y si no me dices nada y sigues callada, creo que volveré a secuestrarte una y otra vez hasta que te enamores de mí.

Tyra sonrió y se apartó ligeramente.

—¿Ya no estás enfadado conmigo por la bofetada de ayer?

Ewan sonrió y negó con la cabeza.

—Entonces déjame decirte que me alegro de haber pasado estos días junto a ti y que me encantaría pasar el resto de mi vida contigo.

Ewan volvió a besarla con suavidad.

—Cuando vi que James te había sacado de casa, pensé que te había perdido para siempre. Y al entrar y ver que Malcolm te estaba amenazando... No estaba seguro de poder contenerme y matarlo.

—Yo pensaba que estabas enfadado conmigo y no vendrías a salvarme de Malcolm. Tenía mucho miedo.

—Mientras mis pies sigan sobre este suelo, haré lo imposible para que no vuelvas a tenerlo. Ante este altar te juro que te protegeré con mi vida si es necesario y a mi lado te haré descubrir más cosas de las que no sabías que existían.

Tyra sonrió y acortó la distancia para besarlo, pero la voz de Pattinson le hizo dar un respingo y se separó de Ewan como si de repente quemara. Ambos dirigieron la mirada hacia la puerta y observaron la sonrisa en los labios del soldado antes de que este dijera:

—El juicio de Spears será mañana a primera hora y ambos deben estar ahí para escuchar el veredicto.

—Allí estaremos.

A la hora convenida del día siguiente, Ewan y Tyra entraban por la puerta del cuartel más cercano a la casa del joven. Por lo que les habían dicho, el superior de Malcolm se había desplazado hasta allí inmediatamente para llevar a cabo el juicio por el que era acusado. Y cuando Ewan miró hacia un lado y vio que el soldado que había allí era Liam Markle, su corazón comenzó a latir con tanta fuerza que estuvo a punto de salir de la estancia lo antes posible. Aquel hombre el mismo que lo había juzgado a él años atrás y le había arrebatado todo. Sabía y era consciente de que ese hombre lo odiaba y estaba del lado de Malcolm, por lo que el joven comenzó a dudar sobre el veredicto que finalmente darían sobre el soldado.

—¿Qué ocurre? —le preguntó Tyra consciente del cambio de expresión de su rostro—. Te has puesto blanco...

—El soldado que va a oficiar el juicio es el mismo que me condenó cuando Malcolm me traicionó. ¿Te has fijado en cómo me mira?

Con disimulo, la joven desvió la mirada hacia el hombre que Ewan le indicaba. Y así era. Ese soldado lo miraba con tanto odio que parecía querer saltar sobre él en cualquier momento. Sin embargo, para calmar los ánimos, Tyra llevó disimuladamente la mano hacia él y lo acarició. Ewan asió su mano con fuerza y la miró con intensidad, justo en el momento en que Liam Markle se levantaba para juzgar a Malcolm, que se hallaba sentado con las manos atadas a un lado de la sala.

—Señor Pattinson, habéis acudido a mí con una acusación muy grave contra mi subordinado.

El aludido se levantó y, tras colocar su chaqueta, dio un paso al frente y asintió.

—Así es, señor. Hace unos días desapareció la hija de mi superior, John Stone, por lo que marchamos en su búsqueda. A medio camino, el señor Stone descubrió ciertos comportamientos del señor Spears que no le gustaron y cuando decidió poner en su conocimiento la idea que hacerlas públicas, recibió varias puñaladas. El señor Spears huyó con la excusa de que habían sido atacados en la oscuridad por Ewan Smith, pero no fue así.

—¿Cómo está tan seguro de eso?

—Porque el señor Stone, antes de morir, nos dijo que había sido el señor Spears el que lo atacó. Mis compañeros pueden afirmar mis palabras, señor.

Liam miró hacia el resto de soldados y comprobó que así era. Tyra vio como apretaba los puños con fuerza y miraba hacia Malcolm con auténtico odio, algo que llamó la atención de Tyra. Le dio la sensación de que estaba enfadado con el que había sido su prometido por haber sido descubierto y después se giró rápidamente hacia Ewan, que tragó saliva visiblemente.

—Señor Smith, póngase en pie y acérquese.

Ewan obedeció sin rechistar y se puso al lado de Pattinson. Tyra era consciente de su nerviosismo y si hubiera podido, se habría lanzado contra él para abrazarlo.

—Señor Smith, ¿qué hace usted en todo esto? ¿Tiene algo que ver en la desaparición de la señorita Stone? ¿Por qué el señor Spears lo culpaba de la muerte del padre de la joven?

Ewan tragó saliva.

—Hace años juré vengarme de él. Pasamos de ser amigos a enemigos acérrimos. Si usted no se comportara de la manera que se espera, culparía a su peor enemigo para hacerle la vida imposible.

Liam frunció el ceño y se acercó a él hasta quedar a un metro escaso de Ewan.

—¡Secuestraste a mi prometida! —vociferó Malcolm levantándose de la silla e intentando acercarse a él.

Varios soldados se pusieron también en pie e intentaron detenerlo.

—Señor —interrumpió Pattinson—, todo ha sido un malentendido. La señorita Stone se sintió intimidada por todos los preparativos de la boda y se marchó de su casa sin decir nada a nadie. Ya sabe cómo son las novias...

Aquella mentira salida de los labios del hombre de confianza de su padre hizo que Tyra sintiera tal agradecimiento que habría corrido hasta él para abrazarlo de no ser por el decoro que debía mantener. Incluso en el rostro de Ewan cruzó una expresión de sorpresa por esas palabras.

—Todos pensamos que la habían secuestrado, pero no fue así. El destino quiso que fuera el señor Smith quien la liberara de las garras de Malcolm cuando este la llevó obligada a una capilla para casarse bajo coacción.

—¿Es eso cierto, señorita Stone?

Tyra abrió los ojos desmesuradamente al ser de repente el centro de atención de la sala. La joven se puso en pie y asintió desde su sitio sin saber si debía acercarse al centro de la habitación.

—Lo es, señor.

—¡Serás zorra! —vociferó Malcolm intentando desasirse de las manos de sus compañeros—. Maldita desgraciada.

—Señor Spears —gritó Liam—, si no se calla tendré que sacarlo de la sala.

Después se volvió hacia Ewan y Pattinson.

—Denme unos minutos para deliberar.

Ambos asintieron y volvieron a sus asientos.

Durante más de media hora, los soldados allí presentes hablaron en voz baja de la situación mientras el resto cuchicheaba sobre cuál sería el veredicto. Finalmente, Liam Markle se levantó de su asiento y se aproximó a Malcolm.

—Señor Spears, tras cotejar las pruebas y escuchar las declaraciones de sus propios compañeros que, por su seguridad, lo han hecho fuera de esta sala, hemos llegado a una conclusión.

Malcolm se levantó para encararlo.

—Será destituido de su cargo y del ejército de por vida. Las posesiones y títulos que heredó de su familia le serán sustraídas, además de las que ganó en el juicio contra el señor Smith al que, en compensación, le serán dadas todas y cada una de ellas y se le devolverá el ducado de Norfolk.

—¿Qué? —gritó Malcolm.

Liam levantó una mano para hacerlo callar.

—Además, seréis enviado a galeras para restituir el daño causado al señor Smith y a todos sus compañeros acusados injustamente por usted.

—¡No puede ser! —Malcolm intentó quitarse las cuerdas—. Mis tierras son mías. Me niego a dárselas a Smith.

—Puede usted negarse, señor Spears, si así va a sentirse mejor. Pero se las daremos igualmente.

—¡Malnacido! —escupió Malcolm mirando directamente a Ewan—. Pienso volver para quitártelo todo.

—Lleváoslo —ordenó Liam antes de acercarse a Ewan—. ¿Aceptáis de nuevo el cargo que ostentabais en el ejército?

El corazón de Tyra se sobresaltó al pensar que podría no estar con él a diario, pero cuando este se volvió hacia ella y le sonrió, las palabras que pronunció fueron gloria para sus oídos.

—Mi vida ahora es otra, señor Markle.

EPÍLOGO

Tres meses después, Ewan y Tyra acababan de contraer matrimonio. Apenas una decena de personas eran las que habían asistido a su enlace, pues ambos no tenían familiares cercanos a los que poder invitar a la boda. Esta se había llevado a cabo en la casa de Tyra. Un sacerdote de un pueblo cercano había sido el encargado de asistirla y por primera vez en su vida, la joven sentía que estaba plena.

Habían enterrado a su padre en el panteón familiar nada más llegar del juicio a Malcolm. Durante días, Tyra se mostraba triste y sin poder dejar de pensar en todo lo ocurrido, pero tras convencerse a sí misma de que no era la culpable de su muerte, su alegría y sus ganas de vivir salieron de nuevo a flote para poder preparar, esta vez sí, todas y cada una de las cosas necesarias para su enlace con Ewan. Este se había ido a vivir junto a ella, ocupando una de las habitaciones libres, para evitar que su casa fuera atacada al correr la noticia de que el barón de Nottingham había sido asesinado y ahora su hija estaba sola.

Al cabo de unas semanas tras su boda, le había sido notificada por escrito la sentencia de Malcolm y todo lo dicho en el juicio, por lo que había recuperado todas sus posesiones además de hacerse con las de su antiguo amigo como pago por los daños causados durante todos esos años.

—¿Qué harás con tantas casas? —le preguntó Tyra muy interesada mientras comenzaba a vestirse—. Por lo que Malcolm me contaba, había heredado alrededor de unas diez casas muy amplias distribuidas por las tierras de su familia.

—Así es. El padre de Malcolm tenía una gran fortuna, pero por lo que dice la carta, apenas queda nada de su dinero, tan solo sus fincas. La verdad es que no sé qué voy a hacer con ellas. No pienso irme a vivir a una casa que ha estado habitada por él, así que puede que las venda.

Tyra torció el gesto y después apareció una sonrisa en sus labios.

—No sé si me va a gustar lo que estás pensando...

La joven rio.

—Desde que era pequeña he ayudado a las personas que no han tenido tanta suerte como yo y qué mejor manera de devolver el daño que hizo Malcolm a la gente que usar sus casas de forma benéfica.

—¿A qué te refieres exactamente?

—Bueno, si esas casas son como la mía, tendrán muchas habitaciones, por lo que podremos dar cobijo a las familias que no tengan la suerte de tener un techo bajo el que criar a sus hijos. Podrán usar las tierras de Malcolm para labrarlas y ganarse el pan ellos mismos sin necesidad de depender de la beneficencia o el clero y tendrán su propia habitación para dormir. Compartirán comedor y cocina, eso sí. Pero ya no tendrán que dormir de prestado o en la calle.

—¿Quieres usar las casas de Malcolm como si fueran una casa de acogida? —Tyra asintió solemnemente—. ¿Eres consciente de que Malcolm pondría el grito en el cielo si lo supiera? —Tyra volvió a asentir.

—Él ha hecho mucho daño, así que ahora usaremos sus cosas para hacer el bien. ¿Es una mala idea?

Ewan sonrió y la atrajo hacia él para abrazarla por la espalda. El joven colocó en mentón en la base de su cuello y respiró hondo.

—Me parece perfecta. ¿Quién te enseñó a ser tan hospitalaria?

La joven se encogió de hombros.

—Nadie, pero siempre me dieron pena las personas que no habían tenido la misma suerte que yo. Cuando me arropaba por las noches siempre me acordaba de los que no tenían una manta tan gruesa con la que poder arroparse ni el estómago tan lleno para poder dormir durante toda la noche. Creo que es una buena forma de ayudarlos.

—Sin lugar a dudas —afirmó Ewan mientras le acariciaba el costado.

Tyra sonrió y detuvo sus manos.

—¿Deseas algo, marido?

—Sí, a ti —respondió Ewan mientras sus manos volvían a la carga y la empujaba contra la cama.

Printed by Amazon Italia Logistica S.r.l.
Torrazza Piemonte (TO), Italy